Entre Líneas

Cuentos y Microrrelatos

Agustina Hernández

ISBN-13: 978-1-63065-109-1
ISBN-10: 1-63065-109-5

PUKIYARI EDITORES
www.pukiyari.com

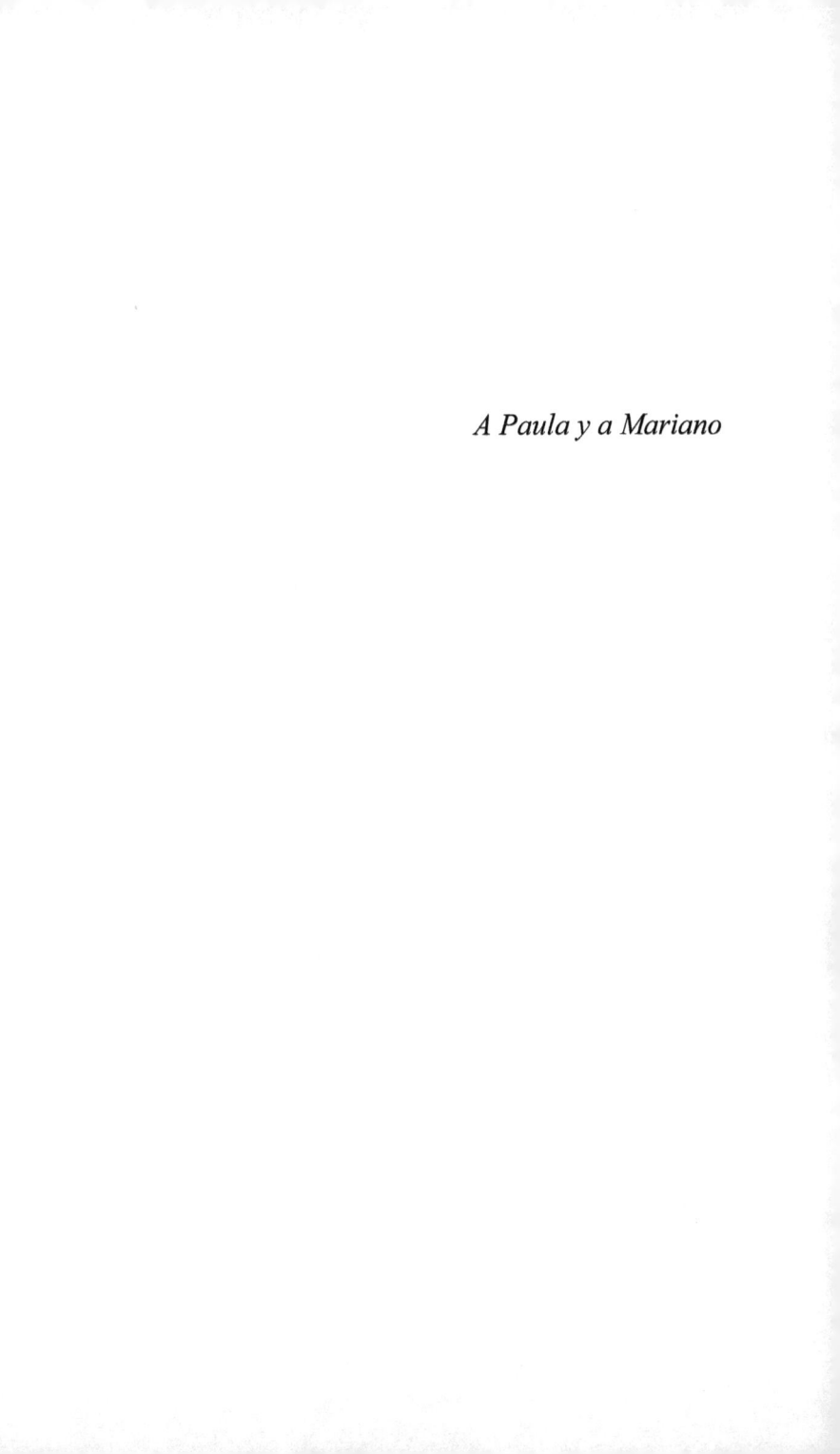

A Paula y a Mariano

Cuentos

Índice

Caída libre

Fui enterrado la semana pasada. Los asistentes eran tan pocos que si llegaba uno más, no entraban. Tenía cuarenta y cinco años y me dio un infarto. En mi vida prendí un cigarrillo y hacía ejercicio tres veces por semana. Era soltero y no tuve hijos, ni siquiera un perro. Vivía solo y viajaba mucho. Fui hijo único y mis padres fallecieron en un accidente cuando tenía veinticinco años. Heredé propiedades y me dediqué a venderlas para dilapidar el dinero.

Probé varias carreras universitarias pero no terminé ninguna. Nunca trabajé. Mi lápida podría decir algo así como: «Aquí siguen descansando los restos de Juan», aunque por suerte a nadie se le ocurrió.

Nunca hice una donación ni le propuse casamiento a una mujer. Estafé a un amigo y le robé la novia a otro. Inicié en la droga a más de uno, pagando fiestas en las que no conocía a la mayoría de los invitados. Jugaba al póquer con gente indeseable. Tuve empleados a los que echaba si no me gustaba como me saludaban. Había quienes me decían: «El gran Gatsby» y otros que simplemente me decían «hijo de puta».

Una vez, un hombre mayor me dijo que el director de cine alemán Fritz Lang sostenía que la división entre buenos y malos era una convención social, porque en realidad las personas son malas o malísimas y que a mí me correspondía la última categoría. Como no tenía una relación personal con este señor ni conocía al director de cine, no me importó.

Creo que nunca me enamoré. ¿Era capaz? Quise mucho a mi vieja, a mi abuela paterna y a mi mejor amigo, que lloró en el cementerio.

Podrían decir que mi currículum era indefendible y tendrían razón. Debería haberme arrepentido de la mayor parte y admirar a San Agustín, pero dadas mis circunstancias, no tendría mucho sentido mentirles: la verdad es que no estaba orgulloso pero tampoco vivía avergonzado ni tenía insomnio. ¿Me habré muerto por eso?

Supongo que parte del problema era que no tenía un padrino o un tío que me pararan el carro. ¿Y quién garantiza que los buenos hombres de familia se mueran a los noventa años, felices y sin arrepentimientos?

Yo me quedo más tranquilo sabiendo que no dejé a un hijo sin padre ni a una mujer viuda. Podría haber hecho un testamento a favor de mis amigos, pero no me parecía que estuviera en edad de planificar mi ausencia permanente.

A mi favor voy a sostener que mis circunstancias de vida eran muy tentadoras; lo único que tenía que hacer era fluir.

Creo que si se pararan en el Obelisco e hicieran una encuesta entre hombres jóvenes, terminaría con un club de fans con mi nombre.

Pero la fiesta duró poco. Mi cálculo era treinta años más, por lo menos.

Disfruté de todo lo material que tuve pero perdí los afectos más importantes y no me ocupé de construir otros.

¿Conocen a alguien que tenga todo? Yo no. ¿Conocen a alguien que haga todo bien? Yo no. ¿Conocen a alguien que se esfuerce por hacer las cosas bien y le salga todo bien? Yo no.

Todos sabemos que los parámetros de cualquier conducta varían según la época, la crianza, la religión, la edad, la salud y el saldo bancario, aunque no necesariamente en ese orden.

Mi abuela paterna sostenía —y creo que la frase no era de ella— que en la vida, en realidad, hacen falta sólo dos cosas: salud y buena formación. La pregunta sería: ¿para qué hacen falta? o ¿para qué sirven? La abuela hubiera dicho que para enfrentar la vida en general, para avanzar, para sobrevivir.

Me parece que soy el ejemplo de lo opuesto. Al menos hasta la muerte de mis padres tuve ambas, en forma plena, y todo indicaría que las usé para no enfrentar nada. Como ven, no estoy de acuerdo con la abuela, total ya no tengo nada que perder. Tampoco crean que tengo una propuesta mejor; pero, dada mi situación, el rubro salud me parece muy discutible, es decir: tuve una salud sin historia clínica durante cuarenta y cinco años, hasta que de golpe me dio un infarto. Hubiera preferido padecer las eruptivas de la infancia, más un par de yesos, más ser celíaco, pero vivir hasta los ochenta.

Pero la salud y la educación del colegio inglés ya no tienen ninguna importancia para mí, porque ¿estoy? en plena oscuridad, solo con mi conciencia. Mi cuerpo quedó en el cajón, pero de alguna forma inexplicable tengo la sensación ¿física? de estar cayendo a gran velocidad, hacia ninguna parte o hacia el infinito, sin ojos para ver o boca para gritar. Si tan sólo se me indicara cuánto o cómo debo suplicar para que mi conciencia se ¿apague?

Siempre odié la oscuridad y sufría de vértigo. Parece que alguien se aseguró de que padeciera ambos hasta el fin de los tiempos. Quizás ésta es una variante de miles. Yo no concibo otra peor en mi caso, pero tengan cuidado aquellos que temen al agua o al fuego, por ejemplo. Tal vez la única bendición para otros sea quedar inconscientes. Nunca lo sabré y ustedes tampoco, hasta que les llegue el momento.

Los amados secretos

Cuando el barco dejó el puerto de Montevideo decidió ir al bar a tomar un café. Se apoyó en la barra y mientras esperaba que la atendieran, notó que el hombre que se había parado a su lado le recordaba a alguien conocido. El señor tendría su misma edad y daba gusto mirarlo. Enriqueta supo que lo conocía, aunque no lograba recordar de dónde.

Volvió a su asiento con el café, decidida a hacer memoria. Tenía la sensación de que era alguien de la infancia, que todavía conservaba cierto aire aniñado en las facciones, sobre todo en los ojos claros. Con el suave movimiento del barco, se quedó adormilada unos minutos y cuando reaccionó, el nombre de Ariel apareció sin pensarlo.

Enriqueta se sonrió al pensar en la paradoja de haber recordado el nombre mientras dormía, porque en tercer grado Arielito le quitaba el sueño. Tenía que reconocer que al borde de los cincuenta, el compañerito estaba espléndido y no era razonable pretender que la reconociera, porque la imagen que podía conservar Ariel en su memoria era muy distinta a la de ese momento. Él podía recordar a una nena gordita, a veces graciosa, con rulos y aparatos en los dientes y, salvo por su sentido del humor, Enriqueta había logrado eliminar las restantes características.

Sólo compartieron dos años, durante los cuales Ariel fue un amado secreto para ella, incapaz de confesar su sufrimiento a nadie.

Ariel era una especie de Thor para todas las nenas del grado y ni siquiera la más linda logró llevarse el premio.

Se dio cuenta de que no le importaba nada qué había sido de la vida de Ariel, que tanto la hizo sufrir a la corta edad de ocho años, con sólo ignorarla, aunque rescataba que por lo menos no se burló de ella como otros.

Enriqueta salió a cubierta y sin otra cosa que hacer por el resto del viaje, empezó a hacer memoria de lo que parecía ser una larga lista de amados secretos, en los que no recordaba haber vuelto a pensar en los últimos treinta años. Sintió que era como tratar de evocar la infancia de otra persona que poco y nada tenía que ver con ella. Pero la nena introvertida, seria y graciosa a la vez, abanderada y adicta a las Manón en los recreos, había tenido varios amados, que nunca conocieron la causa de sus suspiros infantiles o al menos ella creía que nunca se enteraron.

Tenía que reconocer que fue muy enamoradiza en aquellos tiempos y que siempre buscó amores imposibles, como correspondía.

Qué curioso que nunca se hubiera dado cuenta de que varios de sus amados eran rubios. En realidad, su primer amor fue a los seis años. Se llamaba Guillermo y era rubio de ojos verdes. El préstamo del sacapuntas y los lápices que él nunca tenía, eran el acontecimiento de la semana para ella.

En quinto grado se dedicó a sufrir por Gastón y después sus desvelos dejaron de ser escolares y se trasladaron al club. Había aprendido a jugar tenis, que era un deporte muy practicado por chicos rubios, altos y atléticos. Recordaba a dos en particular: Esteban y León. Era el fin de la infancia y comienzo de la adolescencia —una época espantosa— y Enriqueta paseaba su pollerita de tenis azul en el frontón del fondo durante horas, esperando la llegada de alguno de sus amados, todo con tal de mirarlos o alcanzarles la pelotita.

No se acordaba el por qué había padecido a sus amados en silencio, sin contarle nunca a nadie. Sí recordaba como algo natural que ellos no se hubieran enterado ni tampoco interesado, o ¿alguno se interesó y la que no se dio por enterada fue ella? Le parecía que no era imposible, pero sí era altamente improbable. Para Enriqueta nunca fue una opción la más leve demostración de interés; la sola idea de no ser correspondida le resultaba una pesadilla.

Tal vez se había armado una fantasía en la que siempre existía por lo menos un príncipe dorado, que buscaba a la dueña del zapatito de cristal que nunca era ella.

«Pobre Enriqueta», hubiera dicho cualquier abuela. Pero ella no sentía lástima por esa nena y sus idilios. No recordaba aquellos episodios con angustia o vergüenza, sino con ternura y melancolía.

No quería saber nada de la vida de sus amados pasados, porque debían permanecer en el archivo en el que estaban guardados, con sus edades correspondientes. Ahora tendría que lidiar con el recuerdo de la cara de Arielito a los cincuenta. Enriqueta se enojó ante esa conclusión.

Siempre fue tan prolija que su primer novio oficial llegó a los quince y, por supuesto, fue morocho y no rubio y, obviamente, él se había declarado sin que ella tuviera que mover un dedo. Sólo le alcanzó el tiempo para pensar que el muchacho era muy lindo y que era imprescindible tener una foto suya para pavonearse con sus amigas.

Pero resultó que aquel novio, y todos los demás que vinieron detrás, nunca lograron evitar que coexistieran los amados secretos, que con la edad y las circunstancias dejaron de ser fáciles de archivar y acerca de quienes —en algunos casos— el recuerdo seguía siendo doloroso.

Uno de ellos fue el hermano de una amiga y a su vez amigo del novio de turno. Él fue un amado secreto y Enriqueta supo en aquel entonces que ella era su amada secreta. Ninguno de los dos se había animado a hacer nada al respecto y con el correr de los años, entendió que el código de la amistad masculina era muy superior al estatus de amada secreta.

Para esa misma época Enriqueta empezó a descubrir que los amados secretos eran un problema muy común, al menos entre su círculo de amistades. Nunca creyó que fuera algo que sólo le pasara a ella, pero la confirmación expresa resultó muy consoladora. Más de una amiga se confesó con ella, pero Enriqueta optó por no ser recíproca. Le parecía que el invicto era mucho más elegante. ¿Por qué la gente tenía la mala costumbre de andar ventilando sus sentimientos por ahí? ¿Era necesario que ella supiera que una de sus amigas estaba enamorada de un primo hermano? Su idea era que uno se buscaba el amado secreto que podía y lidiaba con el tema lo mejor posible.

En algún punto Enriqueta se convenció de que los amados secretos eran necesarios en la vida diaria para mantener el equilibrio natural en general y con el novio real en particular. La fantasía del príncipe valiente al rescate era muy posible con el compañero de los martes y jueves en la Cultural Inglesa y no con el novio que nunca la iba a buscar, porque tenía entrenamiento de *hockey* sobre patines.

Pero ningún esquema ni fantasía había resistido a la experiencia de la amada secreta. Hacía años que no la pensaba y el mero recuerdo fue amargo.

Se conocieron en el primer año de Filosofía y Letras. Ambas eran reservadas, politizadas y parecían no caerle bien a nadie, por lo que la empatía entre las dos fue inmediata. El café y el cigarrillo también resultaron elementos esenciales de la entusiasta amistad. En general no compartían gustos literarios o filosóficos, por lo que las diferencias se transformaban en eternas discusiones hasta las altas horas. Las dos tenían veinte años en ese entonces y ninguna estaba de novia. Sí compartían gustos cinéfilos y nocturnos, por lo que iban seguido al cine y a bailar los fines de semana. Fue en un boliche donde Enriqueta tomó conciencia de una actitud distinta a la de su amiga, que evidenciaba celos ante cada tipo que la sacaba a bailar. Enriqueta optó por considerar a Mechi un tanto posesiva y en esa etapa, con ese adjetivo era suficiente.

Llegó el primer verano y Mechi se fue a su Córdoba natal a pasar las fiestas y no volvió hasta marzo. Para Enriqueta ese verano fue eterno e incómodo, porque se daba cuenta de que la ausencia de su amiga tenía una influencia excesiva sobre su estado de ánimo.

Durante el segundo año el vínculo se intensificó y para ese invierno Enriqueta ya no podía negarse a sí misma que tenía una amada secreta y creía que Mechi tampoco podía negar lo evidente, aunque seguramente con otra nomenclatura.

Pasaban tanto tiempo juntas que ya era materia de comentario de compañeros, familiares y amistades. Salían solas y eludían otras combinaciones posibles. Ambas rechazaban invitaciones de candidatos ideales y peleaban por casi todo, como cualquier extraña pareja.

En esa época Enriqueta empezó a tener insomnio. Fumaba mucho y comía poco. Tan eficiente que había resultado siempre su sistema de amados secretos, en perfecta armonía con los novios pasajeros. Qué inmanejable que era —desde todo punto de vista— una amada secreta. En realidad la cuestión era que Mechi no respetaba el código (¿secreto?) de exceder la amistad, pero Enriqueta sabía que el problema era mutuo.

Con los amados secretos la pesadilla siempre fue la posibilidad de que se enteraran y no ser correspondida. Con la amada secreta era mucho peor: la pesadilla era enterarse y ser correspondida. ¿Qué podía hacer, además de vivir con un nudo en la garganta? ¿Qué debía hacer? ¿Estaba en sus manos, en las de su amiga, en las de ambas o en las de ninguna? Estar con Mechi era una tortura y no estar resultaba aún más doloroso.

Enriqueta creía que era capaz de soportar la situación un tiempo más, pero no resistiría otro verano. ¿Y si hacían un viaje juntas, en lo posible a una isla desierta? La otra opción era que se fueran a vivir al exterior, a algún lugar que ningún pariente o amigo tuviera intenciones de visitar, como por ejemplo cualquier pueblito de Oklahoma, en el que nunca podrían ser felices. La última opción era que alguna de las dos desapareciera, para siempre.

Y así fue, por obra y gracia del padrino de su amiga, que era un acaudalado empresario español, sin herederos. Mechi tenía cinco hermanos y los padres eran docentes municipales en Río Cuarto. El padrino era el mejor amigo de la infancia del padre y partió de joven a probar suerte a Europa. Quería a Mechi como a una hija. Había estado de visita en Córdoba y resuelto que se volvía con todos a cuestas, a quienes les podía ofrecer la gran vida. Mechi podría haber optado por quedarse en Buenos Aires, pero gracias al cielo eligió la aventura.

La citó a Enriqueta en un bar y, entre nervios y lágrimas, le dijo que era un café de despedida.

Enriqueta se sorprendió ante la noticia pero el alivio fue infinito e inmediato. En varios momentos se tomaron de la mano, se miraron, se sonrieron y finalmente se abrazaron. Todavía podía recordar y sentir aquel abrazo en el que no dijeron nada porque el silencio lo dijo todo. Esa Navidad fue muy triste para Enriqueta y después del primer año de la partida, las cartas de Mechi fueron cada vez más espaciadas, hasta que no llegaron más.

No hubo ni novios ni amados secretos para Enriqueta por el resto de la carrera universitaria. Cuando empezó a trabajar como docente, se enamoró del jefe de cátedra, con quien tuvo a su único hijo y a quien dejó diez años después porque lo descubrió con una amada secreta.

El barco estaba entrando al puerto de Buenos Aires. No había ningún amado esperando a Enriqueta, ni real ni secreto, pero mientras buscaba su valija, pensó que los amados secretos bien podían ser el tema de su próximo libro.

Bonjour tristesse

Evaristo se levantó a las seis, como todas las mañanas. Se bañó, se afeitó y se vistió. Bajó a la cocina y puso la pava para el té, junto con las tostadas. Desayunó, hizo su cama, paseó a Bernardo durante los diez minutos de costumbre y revisó toda la casa, por las dudas. Tomó nota de que la manija de la puerta de la terraza estaba floja y que se había vuelto a despegar el empapelado del comedor, en la misma esquina.

A las siete menos cuarto entró al garaje, puso el auto en marcha, le pasó el plumero —como siempre— y se subió. A las siete en punto estaba en avenida Directorio y Mariano Acosta, que era lo que correspondía. Bajó por Directorio —que luego se convierte en avenida San Juan— para ir llegando al centro. En la esquina de Entre Ríos, lo paró una señora joven que le indicó que la llevara a Esmeralda y Diagonal Norte.

Era lunes y a las siete y cinco se largó la lluvia anunciada por la señora ucraniana que daba el pronóstico en el canal de noticias. Para Evaristo era muy importante saber cómo vestirse, para no pasar ni frío ni calor arriba del auto. Si podía preverlo desde la noche anterior, mejor.

La joven parecía muy agradecida de que él hubiera aparecido con la banderita "Libre" en ese momento. Estaba bien vestida y arreglada. No daba más de cuarenta años, tenía cara de buena persona y a Evaristo le dieron ganas de conversar. Los domingos no trabajaba y el día anterior no había hablado con nadie en todo el día, porque los monólogos con Bernardo no contaban como conversación.

El domingo siguiente sería el Día de la Madre y él tenía muy presente a doña Otilia, que ya llevaba veinticinco años en el cementerio de Chacarita.

En vez de empezar la charla con algo tan obvio y sencillo como la lluvia, Evaristo le preguntó a su pasajera, al tiempo que la miraba por el espejo retrovisor:

—¿Ya sabe cómo va a festejar el Día de la Madre?

Ella iba mirando por la ventanilla e hizo gesto de que no le agradó la pregunta, pero respondió secamente:

—Voy a ir a almorzar a lo de mi mamá. Soy soltera.

Evaristo lamentó haber metido la pata y en ese momento podría haberse callado o comentar sobre la lluvia, pero optó por la autobiografía.

—Yo también soy soltero, nunca me casé. Tuve una novia cuando era joven; la conocí en el club. Íbamos al club con los muchachos y una vuelta la saqué a bailar y anduvimos bastante, pero después la familia se fue a vivir al interior y no la vi más. Mis padres fallecieron y yo me quedé con el negocio que teníamos en la esquina de casa, pero me fundí. Entonces vendí el local y compré este taxi, que es mío. No vaya a creer que soy el chofer, soy el dueño. Y me quedó mi hermana en Bahía Blanca, también soltera. Me parece que voy a tener que ir a echarle un vistazo porque me dijo que no andaba bien…

La pasajera lo miraba y a él le pareció que escuchaba su relato con aparente atención.

—¿Se arregla solo con la ropa y la comida o tiene una señora que lo ayude?

A Evaristo le llamó la atención la pregunta tan doméstica. Tenía la impresión de que la señora era más despierta.

—La casa es grande pero yo hago todo: sé limpiar, cocinar, lavar, planchar, arreglar lo que se rompe, pintar. Siempre me va a ver «lavado y planchado», como decía mi viejo. Todas las noches me lustro los zapatos, una vez al mes voy al peluquero; si se sale un botón, yo lo pongo. Y no se crea que como mal… Me tomo el trabajo de hervir las verduras, me compro el churrasco, la fruta. Siempre fui flaco y nunca me enfermo. Los sábados limpio toda la casa, paso la aspiradora, lavo los vidrios. Si viene a mi casa, le aseguro que puede comer en el piso; eso sí, los zapatos quedan en la puerta porque adentro en patines o pantuflas. Pero igual lo más importante es que me espera Bernardo, mi perro. Yo lo saco a la mañana antes de irme, en cuanto vuelvo y los fines de semana salimos a caminar varias horas.

Él se dio cuenta de que la señora había perdido interés en la conversación porque otra vez miraba por la ventanilla y su respuesta fue condescendiente.

—Mire usted qué bien, cómo se da maña, lo felicito...

Estaban llegando al Obelisco y Evaristo, lejos de darse por vencido, hizo un último intento:

—Con lo bonita que es, me imagino que le sobran los pretendientes y usted no se decide por ninguno...

—Soy ingeniera y tengo una gerencia a cargo en YPF, que es adonde me está llevando. Por ahora no tengo ni tiempo ni interés en casarme, pero para su tranquilidad hay pretendientes y ya rechacé casamientos dos veces. Déjeme en la esquina, sin cruzar por favor.

Evaristo siguió la indicación. Cuando frenó en la esquina de Diagonal y Esmeralda le cobró y ella no aceptó el vuelto, que eran tres monedas.

No le había fallado la intuición: la pasajera era muy despierta; el problema era que no tenía ganas de conversar o, por lo menos, no con él, como todos.

Ese lunes a la mañana, Verónica se levantó nerviosa. La presentación era a las nueve, pero quería llegar antes a la oficina para repasar todos los detalles. Mientras se bañaba escuchó que se largaba la tormenta que, amablemente, le había anunciado la señora ucraniana del canal de noticias unos minutos antes. Cuando salió a la calle, diluviaba y optó por ir hasta la esquina de San Juan y Entre Ríos, donde tendría más chance de conseguir un taxi. Mientras caminaba pensó que era muy lindo el departamento heredado de la abuela y cerca del centro, pero que el barrio la deprimía. Apenas se asomó a la esquina de las avenidas, vio que venía un taxi por San Juan. Lo paró y subió. En un primer momento no le prestó la menor atención al chofer, hasta que él tuvo la mala ocurrencia de tratar de iniciar una conversación, a las siete y media de la mañana, con ella en ayunas. Lo lógico hubiera sido un comentario trivial sobre la lluvia, pero el señor no tuvo mejor idea que preguntarle por el festejo del Día de la Madre. Claro que el taxista no podía saber hasta dónde había metido la pata, pero logró que Verónica lo observara de inmediato y le pasara el *scanner*: era un hombre más bien alto y delgado, pulcro por donde se lo mirara, con un corte de pelo «a la americana» que atrasaba cincuenta años, poco agraciado sin ser feo; «enjuto» hubiera dicho su abuela. La miraba por el espejo retrovisor, demasiado para su gusto. Pero lo peor era que tenía puesto un pantalón gris, de calle, con una camisa cremita y un *pullover beige*. La deprimió. ¿Por qué los hombres creían que gris y marrón combinaban? De por sí la combinación era mala pero, sobre todo, deprimente. De haberlo observado cuando subió al taxi, le hubiera dicho: «*bonjour tristesse*», como decía su otra abuela, la francesa, no la italiana.

Le dio curiosidad el nombre del taxista y buscó con la vista el cartel municipal de la licencia, que estaba colgado del respaldo del asiento del conductor; su nombre era Evaristo Osvaldo Gagliarducci. Verónica se tuvo que contener para no sonreír porque el nombre hacía juego con él en general y con su pilcha en particular: gris y *beige*.

En algún momento él había empezado un relato detallado de sus circunstancias de vida, que ella escuchó vagamente. Para devolverle el *touché* del Día de la Madre, le preguntó si se arreglaba solo con la ropa y la comida; el resultado fue una respuesta eterna y muy triste. Cuando finalmente el hombre hizo una pausa, optó por felicitarlo sin ganas.

Ya estaban cerca del Obelisco y dio el intercambio por concluido, cuando Evaristo sacó —de la nada— el ancho de basto y le preguntó por su soltería y si tenía pretendientes. Hasta ese momento había logrado conmoverla con sus pormenores domésticos, pero con esa pregunta se ganó la respuesta filosa y contundente. Lo único que faltaba era que ese hombre creyera que ella era una empleada administrativa solterona. Después de enarbolar su ancho de espadas, le indicó que la dejara en la esquina; no veía la hora de bajarse del taxi y de la vida de Evaristo.

Verónica decidió entrar al Bidou Diagonal a desayunar, para cambiar el humor que le dejó el taxista. Después del café, pudo pensar que quizás le tocó protagonizar la única conversación que Evaristo fuera a mantener durante ese lunes de tormenta y se sonrió al imaginar que si le contaba el episodio a su primo mayor, él le respondería: «¿Por qué a vos te pasan esas cosas?».

La noche de los tufus

El *petit* hotel de la calle Juncal era la sede de la «Cultural»[1] a principios de los setenta. Beatriz cursaba el último año de adultos, los viernes a la noche. Eran clases interminables, de dos horas, sin ningún *break* y a manos de la soporífera Mrs. Harrington, que ya era mayor cuando Beíta nació. La única buena noticia era que Eduardo la pasaba a buscar a la salida —a las ocho— y de ahí se iban a cenar o se encontraban con el resto del grupo para empezar la noche.

Bei tenía veinte años, cutis de porcelana y ropa hecha a medida por las tías de su novio, que eran modistas.

El aula en la que se dictaba el curso no era muy grande y se notaba que había sido la biblioteca. Se veía *boiserie* en casi todas las paredes y vidrios biselados, pero el lugar más lindo de la casa era el baño del primer piso. Era enorme, con ventana a la calle, una bañadera con patas, un tocador con escritorio y espejo para maquillaje, con la silla haciendo juego.

---

[1] Asociación Argentina de Cultura Inglesa.

Beatriz inventaba al menos dos recreos durante la clase por dos razones: para no dormirse y para tener la excusa de visitar ese cuarto de baño.

Recordaba haber pensado durante su primer curso que antes del egreso se daría un baño en el primer piso. Era consciente de que estaba muy grande para esa travesura, que le podía costar no obtener su título de Maestra de Inglés y hasta podía implicar que llamaran a la policía si la pescaban.

Todos los demás usaban el *toilette* de la planta baja; parecía que sólo ella conocía la existencia de aquel baño y que era de su uso exclusivo.

Faltaban pocos meses para que se recibiera y las circunstancias decidieron por ella.

Fue el primer viernes de julio de 1970. La semana anterior, Eduardo le dijo que los muchachos habían reservado mesa en La Fusa para el viernes siguiente, porque iba a estar Vinicius, con María Creuza y Toquinho. Lo primero que pensó Beíta fue: «Falto a la Cultural y listo», pero enseguida se acordó de que ese día sería el examen de mitad de año, por lo que era imposible no asistir sin un certificado médico, por ejemplo.

Por ese entonces Beatriz trabajaba de operadora internacional en la ENtel[2] y los viernes llegaba con el tiempo justo al curso. No podía ir vestida de noche a la oficina y no tendría ni tiempo ni lugar para cambiarse, porque el *café concert* empezaba a las ocho y media. No existía otra solución: se tendría que bañar y cambiar en la Cultural, para lo cual era indispensable que terminara el examen a las siete y media.

---

[2] Empresa Nacional de Telecomunicaciones.

Durante esa semana, Beíta no hacía más que pensar en su travesura. El examen la tenía sin cuidado y no se animaba a comentarle a Eduardo sus planes. Pero el día anterior, él la llamó y le dijo: «Después de La Fusa vamos a tener que pasar un rato por Mau-Mau porque mi primo Jorge decidió festejar su cumpleaños ahí».

«Bueno, si tenía alguna duda, ahora no hay ninguna alternativa», pensó Beatriz. El problema era el replanteo del vestuario. Como todo sucedía al día siguiente, tuvo que improvisar y —en ese caso— lo mejor era atacar el *placard* de Eleonora, su hermana, que por suerte estaba de viaje y no se enteraría de nada.

Beíta logró guardar —en un discreto bolso de cuero— una toalla, un jabón, la gorra de baño, el espray para el pelo, el vestido, la ropa interior y los «tufus», que eran los mejores zapatos de su hermana. Eleonora era loca por el rubro zapatería y compraba con excelente gusto —y mejor ni preguntar el precio—, pero tenía un problema personal con el calzado: sufría de transpiración en los pies, sin importar la temperatura, las medias o si el zapato era abierto o cerrado. Los zapatos de Eleonora siempre estaban apoyados en el borde de una ventana, con talco, con perfume, con desodorante, tratando de volverse tolerables. Ese par en particular era el que menos revivía, y fue aquello lo que les ganó el sobrenombre. Bei los guardó adentro de dos bolsas para evitar que contagiaran al resto del bolso.

Llegó el día en cuestión y nadie conocía sus planes. Por supuesto que a Eduardo no se le había cruzado por la cabeza preguntarle dónde y cuándo se cambiaría.

El examen no ofreció dificultades, aunque Beíta lo terminó a las apuradas a las siete y veinte. Se aseguró de que el camino al baño estuviera despejado. Subió la escalera, entró y cerró con el pasador. Abrió la ducha, preparó la ropa y guardó lo que tenía puesto. Tardó lo que tardaba siempre en bañarse, ni más ni menos. Se vistió y se sentó en el tocador para peinarse y maquillarse. No se había animado a llevar el secador de pelo, pero con un cepillo redondo y el espray hizo lo mejor que pudo. Le salió bastante bien ya que había tomado la previsión de hacerse «la toca» la noche anterior.

Cuando terminó, eran ocho menos cinco. No podía correr el riesgo de bajar en ese momento y decidió esperar unos minutos para asegurarse de que no quedaba nadie. Eduardo supondría que estaba demorada con el examen.

Se miró al espejo varias veces y se sintió espléndida. Se moría por prender un cigarrillo pero no se animó. A las ocho y cinco no aguantó más. Se asomó a la escalera y desde el ángulo pudo ver que la biblioteca estaba abierta y con la luz apagada, que eran las señales de que todos se habían ido. Bajó rápida y silenciosamente, atravesó el *hall* y abrió la puerta de calle, que luego cerraría el portero que vivía en la terraza.

Eduardo estaba parado en la vereda, con cara de fastidio.

—Ya estaba preocupado, estaba por tocar el timbre…

—Gracias a Dios que no lo hiciste porque iba presa —contestó Beíta entre sorprendida y aliviada.

—No te entiendo, pero tomemos un taxi y me contás porque vamos a llegar tarde.

En el corto trayecto entre la Cultural y La Fusa, Bei le contó su travesura. Eduardo la miraba con los ojos desorbitados, sin poder creer lo que escuchaba. Cuando estaban por bajar del taxi, le dijo:

—Como decía mi tío Manolo, «no es una anécdota muy para andar contando»; pero conociéndote, la vas a contar en la mesa en cuanto puedas.

Beatriz sonrió mientras asentía y se aseguraba de que su peinado estuviera perfecto.

La mesa que les reservaron era la mejor, en primera fila. Los demás ya estaban sentados y quedaban las dos sillas para ellos. Mientras se saludaban con Margarita, Ricardo, Teresita y José Luis, se apagaron las luces. Ya habían estado varias veces en La Fusa, pero en cuanto aparecieron los brasileños, supieron que aquella noche sería especial, distinta. Vinicius ya era conocido por todos, pero sus acompañantes fueron dos descubrimientos para el resto de la vida. A Vinicius le gustaba tanto contar anécdotas y charlar con el público como cantar y —esa noche en particular— parecía que todos estaban de un excelente humor, tal vez excesivo.

Margarita era muy vistosa y el carioca no le sacaba los ojos de encima. Para Beíta fue alevoso, pero Ricardo no se dio por enterado o decidió pasarlo por alto dado el personaje en cuestión.

Hubo un intervalo en la mitad del espectáculo, durante el cual tenían varias cosas para hacer: ir al *toilette*, tomar, comer, comentar y criticar a los artistas pero, por sobre todo, contar la travesura de Beatriz. El tiempo no alcanzó, el trío volvió al escenario y tocaron *Samba em Prelúdio*, que no era de las conocidas. Para cuando llegaron a la tercera estrofa, Beíta tenía los ojos llenos de lágrimas y se encontraba abstraída por completo. Era una de las canciones más lindas que había escuchado en su vida. No le interesaba para nada qué pasaba a su alrededor o qué expresión tenía Eduardo en ese momento. Como entendía bastante portugués —a fuerza de lidiar con las operadoras brasileñas— se esforzó por retener los versos de aquel poema, que decía:

> *«Eu sem você*
> *Não tenho porquê*
> *Porque sem você*
> *Não sei nem chorar*
> *Sou chama sem luz*
> *Jardim sem luar*
> *Luar sem amor*
> *Amor sem se dar*
>
> *Eu sem você*
> *Sou só desamor*
> *Um barco sem mar*
> *Um campo sem flor*
> *Tristeza que vai*
> *Tristeza que vem*
> *Sem você, meu amor, eu não sou ninguém*
> *Ah, que saudade*
> *Que vontade de ver renascer nossa vida*
> *Volta, querida*
> *Os meus braços precisam dos teus*
> *Teus abraços precisam dos meus*

Estou tão sozinho
Tenho os olhos cansados de olhar para o além
Vem ver a vida
Sem você, meu amor, eu não sou ninguém».[3]

Cuando terminó la canción, no hubo un aplauso, sino una ovación. El mismo trío estaba emocionado, especialmente María Creuza. Nadie quería que terminara el espectáculo, que de hecho se extendió bastante más de lo previsto. Para la despedida, Vinicius le pidió a los dueños del café —Silvina y Coco Pérez— que se acercaran al escenario. Todos tenían la impresión de que estaban en el living de la casa de alguien y ninguno quería ser el primero en irse, pero Eduardo se encargó de arruinar el *glamour*, diciendo: «Bueno chicos, la seguimos en Mau-Mau, que el cumpleaños de Jorgito arrancó hace rato».

Como las tres parejas no entraban en el auto de Ricardo, sólo subieron las chicas, mientras que Eduardo y José Luis tomaron un taxi hasta Arroyo y Esmeralda. El grupo se reencontró en la puerta y pasaron rápido la inexorable inspección ocular de Fraga, el portero, que corroboró quién era quién, además de cerciorarse de que cumplían el código de traje y corbata para ellos y «de largo» para ellas. Todos lo saludaron, como lo hacían los *habitués*.

La mesa del grupo de Jorge era la de siempre, es decir, la del almirante, su padre. Había algunas caras desconocidas, que fueron presentadas. Mientras se terminaban de acomodar y empezaban distintas conversaciones, se acercó el *maître*, «el Tano»

---

[3] Letra y música: Baden Powell-Vinicius de Moraes (1962).

Fabrizzi, con una pequeña torta que tenía una velita blanca en el medio, que Jorge se apuró en soplar al tiempo que los demás cantaban «Feliz cumpleaños». Después, Beíta logró captar la atención de su grupo y finalmente les pudo contar su travesura en la Cultural, que fue muy festejada.

Esa noche el *disc jockey* era Exequiel Lanús, que se esmeraba con Santana, Aretha Franklin, The Supremes, Tom Jones, Chicago, Credence y tantos otros.

Como correspondía, las chicas fueron juntas a la *toilette* a retocarse. Cuando salieron, se quedaron conversando en una punta de la barra. Beíta sacó la cigarrera de su cartera, pero no encontraba el encendedor. Con el cigarrillo en una mano y la otra todavía buscando, vio que un caballero le ofrecía fuego. Mientras prendía el cigarrillo, levantó la mirada y se encontró con la cara de George Hamilton. Bei casi se desmaya, pero logró articular dos palabras: «*Thank you*». El actor le contestó con su eterna sonrisa de dientes blancos y se alejó. El resto de las chicas parecía haber contenido la respiración hasta ese momento y estallaron, como lo hacían las fanáticas de Los Beatles. Volvieron sobrexcitadas a la mesa y contaron el episodio. Las que no estuvieron en el *tour* se pusieron rojas de envidia, mientras que los muchachos mostraron toda la indiferencia posible, en especial Eduardo.

Para calmar los ánimos, casi todo el grupo salió a la pista, menos Jorge y un amigo, que desaparecieron. El amigo en cuestión había sido presentado como Alberto y tendría la edad de Eduardo.

Cuando volvieron a la mesa, el dúo seguía sin aparecer.

—Edu, ¿tu primo y el amigo se fueron? —preguntó Beíta.

—Sospecho que fueron a ver cómo «corren los ravioles por la barra», pero prefiero no tener la responsabilidad de confirmarlo —contestó secamente Eduardo.

Beatriz conocía la expresión y decidió no preguntar nada más.

Eran casi las tres de la mañana, hora que ya se notaba en el maquillaje, los peinados y las corbatas.

Alguien preguntó: «¿Vamos?» y todos se levantaron de la mesa como resortes. Parecía que hubiesen estado esperando la consigna.

En el camino al guardarropas se cruzaron con Jorge y Alberto, que estaban «puestos» a simple vista. Bei notó la incomodidad de Eduardo, que se puso el sobretodo sin decir nada.

Todos se reencontraron en la puerta y dio comienzo el habitual baile de las sillas, para ver quién se iba con quién en qué auto y quién se quedaba *a gamba* o se tomaba un taxi.

Eduardo le dijo a Beíta que su primo había ido con el auto del padre, pero que no estaba en condiciones de manejar, por lo que él haría de chofer. Jorge se sentó adelante con su primo. En la parte de atrás quedaron: Beíta, la chica que fue con el homenajeado y Alberto.

El reparto escolar empezó por Beatriz, porque los demás vivían en distintas zonas de Belgrano.

Cuando Eduardo detuvo el auto en la esquina de Arenales y Larrea, Beíta intentó bajar del lado de la calle. No sólo que la puerta no se abría, sino que todos los hombres presentes la retaron y le ordenaron que bajara por el otro lado. Alberto abrió su puerta y se bajó. El problema fue que la chica de Jorge se había quedado dormida, sentada en el medio del asiento del Falcon, que medía como cien metros. Bei logró pasar por encima de la «desmayada», pero cuando intentó sacar su pierna derecha del auto, el tufus se enganchó en el borde y se cayó a la vereda. Beatriz hizo esfuerzos olímpicos para alcanzarlo antes que el gentil de Alberto, pero no lo logró. El recién conocido tomó el zapato, lo levantó, lo miró y su cara cambió por completo. Durante ese eterno segundo, Beíta se había sentado en el borde del asiento, con las piernas hacia la vereda. Mientras Alberto se inclinaba para ponerle el zapato, le dijo seriamente:

—Beatriz, no te conozco pero me parece que tenés un serio problema en los pies. Tal vez tendrías que consultar. Mi viejo es médico y dueño de una clínica en Colegiales. Supongo que te podría orientar…

Beíta sintió un calor intenso en pleno invierno. También sintió la mirada de Eduardo, que conocía la existencia de los tufus y era incapaz de reírse de esas cosas.

A duras penas logró contestarle a Alberto:

—Te agradezco y tengo en cuenta tu sugerencia. Un gusto. Buenas noches.

Con el zapato puesto, entró al edificio sin volver a mirar el auto.

La que estuvo un largo rato riéndose con el relato fue Eleonora, que volvió de su viaje al día siguiente.

Eduardo le pidió a Beíta que nunca más usara esos zapatos ni ningún otro de su hermana y al tal Alberto, por suerte, no lo vieron nunca más.

Esa Navidad, Beatriz recibió como regalo de su novio el *longplay* de Vinicius, Toquinho y María Creuza en La Fusa. Probablemente algunos de los aplausos que se escuchaban de fondo en la grabación de estudio fueran de ellos, de aquella larga velada que sería recordada por todos como: «la noche de los tufus».

El problema de las cantidades

Cuando salió a la calle el golpe de calor fue insoportable. Cómo odiaba el verano, la estación lo deprimía. Empezaba a sentirse mal en diciembre y volvía a sentirse bien en abril. La sola idea de pasar el verano en Buenos Aires siempre era angustiante. Era el mediodía y la sensación térmica era de treinta y cinco grados.

Fue despedido, una vez más. Se sentía mareado y notó que estaba parado en la entrada del edificio, sin moverse. Miró al tránsito y le pareció que todo iba en *ralenti*. Esta vuelta no se lo esperaba, para nada. Al menos dejaron pasar las fiestas y las vacaciones. Ese primer lunes de febrero había retomado servicio y apenas llegó a las nueve, le dijeron que fuera a Recursos Humanos, donde un tercera línea le comunicó que la empresa estaba en plena reestructuración, que implicaba reducción de personal, bla, bla, bla.

En realidad no había prestado atención a nada de lo que le dijo el joven y entusiasta empleado corporativo, tal vez porque conocía el discurso y tenía edad suficiente como para ser el padre del ex compañerito de trabajo. Sí prestó atención cuando le comunicó el monto de la indemnización, que con cinco años de antigüedad en la empresa tampoco era una cifra que fuera a solucionar nada, a tal punto que sólo alcanzaba para suplantar el sueldo durante cinco meses.

Se dio cuenta de que instintivamente buscaba los cigarrillos en los bolsillos del saco, que no encontraba porque llevaba tres meses sin fumar, gracias a un amigo que lo arrastró a un curso diabólico, pero efectivo. No dudó: caminó veinte metros hasta el kiosco de la esquina y compró un paquete de diez y un encendedor. Se paró a la sombra y prendió uno. Tenía gusto a pasto viejo, pero le encantó. Qué alivio... La nicotina ya había sido receptada por su sistema nervioso central... Qué droga maravillosa. Empezó a toser —como era previsible— y la solución para su tos era seguir fumando. Le dio una sed espantosa. Se acordó de un boliche que había a la vuelta de la oficina, adentro de una galería, que tenía un patio fumador. Consiguió una mesita a la sombra y prendió otro. Pidió una soda para sacarse la sed y, para su desgracia, empezó a reaccionar.

Era la cuarta vez que lo dejaban en la calle en los últimos quince años y sería la cuarta vez que tendría que llegar a casa y decírselo a Mariana.

La primera vez que lo echaron, estaban de novios pero ya con fecha de casamiento. En la segunda vuelta, Mariana estaba embarazada de la nena y en la tercera el nene tenía menos de un año. En cada ocasión su mujer había llorado y se había deprimido más que él. Pero esta vez temía que además se enojara, porque ya era un problema de cantidades, como tantas otras cosas que pasan en la vida en general.

Pidió un sándwich, más como excusa para prender otro cigarrillo que por hambre.

Era el día para arrepentirse —por enésima vez— de no haber terminado Económicas. Ni siquiera lo intentó antes de casarse y Mariana se lo reprochaba cada vez que podía, con razón. La enfermedad del padre y los horarios de trabajo fueron excusas funcionales en su momento, pero la verdad era que no había hecho el esfuerzo por falta de voluntad, ni siquiera por falta de interés.

El resultado era el «señor Rossi» en vez del «contador Rossi», que iba de empresa en empresa y estaba a días de cumplir cuarenta y cinco, sin ningún tipo de festejo.

Quizás por su facilidad y afición natural a los números, «el problema de las cantidades» era una de sus teorías personales por excelencia.

En algún momento de su adolescencia, su padre le comentó —en una sobremesa y como al pasar— que si uno se muere a los noventa años, en realidad vivió treinta, porque treinta los durmió y los otros treinta los trabajó. Qué información espantosa para alguien que en ese momento adolecía de todo. Recordaba que le había parecido que si perdía ocho horas trabajando y dormía otras ocho, el secreto era divertirse el tercio restante y no desperdiciarlo estudiando, por ejemplo. Lástima que se lo creyó y lo aplicó al pie de la letra.

No lamentaba las horas perdidas en el billar, en la casa de sus amigos o en el club y mucho menos haber tenido muchas novias o no recordar los nombres de todas las minas con las que se había acostado. No todas las cantidades eran negativas.

Muy distinto era pensar en cantidades de días fastos y nefastos, enfermedades, operaciones, noches de insomnio y avisos fúnebres.

Cuando la estadística personal era un día fasto cada tres nefastos, seis cirugías, miles de noches mal dormidas y tres amigos enterrados, las cantidades eran todo un tema.

Había días en los que todo parecía una sucesión de lunes, cuentas a pagar, claustrofobia en el subte, millones de minutos transcurridos en ascensores, bancos, supermercados, reparticiones públicas... y uno deseaba jubilarse y llegar al geriátrico. Pero por suerte existían los días no hábiles, en los que jugaba al tenis con sus hijos, hacía asado y tenía sexo con su mujer. Pero eran cien al año contra los otros doscientos sesenta y cinco.

El cuarto despido casi que parecía una saga y no de superhéroes. Podía entender que Mariana se preguntara si lo rajaban por inútil. Él sabía que no, pero sospechaba que esa noche le tomaría un rato que le creyera.

La posible reacción de su mujer no lo ayudaba con sus propios cuestionamientos. Siempre se había considerado un buen empleado: era de los que llegaba temprano, con medialunas y se iba tarde. Nunca tuvo buenos jefes, pero tampoco insultó a ninguno.

Le costaba creer que el único parámetro fuera que era «barato» por la poca antigüedad. Claro que existía la posibilidad de que fuera un simple problema de mala suerte, con lo que se retornaba a la cuestión de las cantidades. No era ningún descubrimiento que existía gente que —sin merecerlo— estaba siempre en el lugar correcto, en el momento correcto. Y había gente, como los Rossi, que tenía una facilidad natural para estar siempre en el lugar incorrecto, en el momento incorrecto. Como era consciente de su incorrección, no confiaba ni especulaba con el azar y trataba de compensarlo con alguna dosis de esfuerzo y perseverancia, con resultados escasos. Quizás la excepción a la regla era la manera en que conoció a Mariana, la suerte que había tenido de que le diera bolilla y que terminaran formando una familia.

Era evidente que tampoco era un empleado imprescindible, ya fuera por eficiencia o por creatividad. Quizás el problema radicaba en que era un empleado de tantos, en empresas que sólo miraban números. Un Rossi más o menos era lo mismo. Verlo así era muy deprimente, sobre todo porque no pensaba que tuviera ninguna solución.

Nunca se había considerado un mediocre: era egresado del ILSE y era un tipo bastante culto, con calle, que distaban de ser cualidades de los licenciados treintañeros que arruinaban su vida por cuarta vez.

Tampoco creía que fuera a título personal; no le parecía que figurara en ninguna lista negra o que un jerárquico hubiera dicho: «Hay que echar al boludo de Rossi».

¿Con un título bajo el brazo hubiera sido todo distinto? Nunca lo sabría, pero en ese momento hubiera ido a comprar uno con gusto, para empezar a buscar otro laburo.

Tomó un café a pesar del calor. Llevaba casi dos horas en el bar y probablemente pasarían otras dos, antes de que encarara la situación de llegar a casa.

Cómo no pensar en la cantidad y los montos de las cuentas a pagar. Él mismo había creado una planilla en la computadora, con la que sufría todos los meses. En su reciente situación de desocupado, el costo de dos hijos era una cantidad enorme, en función de los gastos.

Prendió otro cigarrillo, que ya tenía el gusto que tenía que tener y no le dio tos.

Nadie lo iba a extrañar en la empresa. Realmente no había establecido ninguna relación personal en esos cinco años. Él tampoco iba a extrañar a nadie en particular. ¿Cuántos compañeros de oficina habían pasado por su vida? Una cantidad importante, sin duda. ¿Cuántos amigos le quedaron de todos los laburos que tuvo? Ninguno. Los vínculos de oficina eran raros, atemporales, superficiales y, en su caso, un tanto breves. Sabía que el tipo que tenía sentado enfrente se ratoneaba con Angelina Jolie, pero no tenía idea de si tenía hermanos, por ejemplo. Siempre le llamó la atención cómo se puede convivir ocho horas por día en una oficina y ver todo sin mirar a nadie. Recordaba haber ido a más de una reunión de fin de año e inclusive a un par de velorios, pero nadie lo estaba llamando para decirle: «Hola Rossi, me acabo de enterar que te rajaron...».

Se dio cuenta de que se estaba empezando a enojar, probablemente le estuviera subiendo la presión. Pero si él era el tipo que los lunes comentaba el fútbol y festejaba los chistes malos. ¿Cinco años ahí adentro y había sido poco menos que invisible para todo el mundo?

«Bueno, mejor enojado que deprimido», masculló Rossi, a sabiendas de que esa sensación era totalmente pasajera, a tal punto que sólo pensar en la mañana siguiente lo dejó al borde de la lipotimia. Tenía miedo de terminar manejando un taxi, por ejemplo.

Miró su reloj: eran las cuatro de la tarde. Estaba cansado, con calor y tenía la sensación de que llevaba dos días sentado en ese bar. Pidió la cuenta y salió a la calle. En realidad no tenía ningún sentido seguir haciendo tiempo para no llegar a casa. Con el saco en la mano y la corbata floja, entró al subte A, como todos los días. Como era verano y no era hora pico, logró sentarse y empezó a hojear un diario de la mañana que alguien abandonó en un asiento. Cuando levantó la vista ya habían pasado cuatro estaciones. Volvió a la lectura de una nota deportiva y de repente escuchó:

—¡Qué hacés Tano! ¡Tanto tiempo!

Rossi levantó la vista y se encontró con el Chino, un viejo compañero de facultad.

—Chino, tantos años y me venís a enganchar en este día...

—Y la verdad es que tenés una cara que parece que tomaste el B para ir a Chacarita...

—Y más o menos, porque tengo que llegar a casa y decirle a mi mujer que me rajaron.

—Uy Tano, qué macana y yo que me hacía el gracioso. Si querés nos bajamos y tomamos un café.

Rossi aceptó encantado. Casi veinte años que no se veían y diez minutos después estaban sentados en un bar.

El Chino se recibió y se volvió a Chascomús a trabajar en el estudio del padre y en esa época fue que perdieron contacto. Pero por suerte para Rossi, su amigo se animó a armarse solo en Buenos Aires y montó un estudio con otros dos tipos que conocieron en la facultad.

Una hora después, el Chino le había ofrecido trabajo a Rossi en su estudio, diciéndole que necesitaban a alguien de confianza en la parte contable. Rossi se tuvo que contener para no lagrimear de la emoción en el abrazo de despedida.

No importaba si se aplicaba su teoría de las cantidades o la del lugar correcto en el momento correcto o simplemente el azar. Sí importaba que Rossi llegaría a su casa con un ramo de flores y podría decirle a su mujer que a la mañana siguiente se tenía que levantar muy temprano, para ser el primero en llegar a su nuevo trabajo.

Los encerrados

La reunión con Vargas salió peor de lo pensado. Qué tipo tan desagradable… Era insoportable pero era el mejor cliente del estudio, mal que me pesara. Tenía agendado verlo el lunes siguiente, pero él decidió que debíamos vernos ese viernes a la mañana, porque el tema era urgente. Estuve una hora encerrada en su despacho, sin calefacción. No veía el momento de sentarme a tomar un café. Tenía frío.

Entrar y salir de ese edificio de oficinas era un trámite en sí mismo, como en tantos otros del microcentro, con el sistema de anunciarse en recepción y pasar con una tarjeta magnética. Por suerte tenía cuatro ascensores, cada uno con el metraje de mi primer departamento.

En el *hall* del piso veinte éramos varios para bajar. Abrieron dos ascensores juntos y entré en el que tenía más cerca, el de la izquierda. Había un par de personas dentro del ascensor y conmigo subieron dos más. Se detuvo en el piso catorce y se nos sumaron dos acompañantes. Otra parada en el piso doce para que sólo ingresara un motoquero y —para mi fastidio— el ascensor paró en el décimo para que subiera un *delivery*, con una bandeja llena de restos de desayunos.

Decidí que habían sido suficientes paradas y que de ahí en más nuestro ascensor debía ser un «Castelar solamente». Lejos de mis deseos, se detuvo en el noveno sin abrir sus puertas plateadas.

En un primer momento nadie hizo nada. Unos segundos después, el que estaba más cerca del tablero apretó el botón 9. Nada. Apretó el botón PB. Nada y ya no me gustó. Alguien tosió. Algunos se empezaron a mover y a buscar miradas cómplices. Yo estaba en el fondo, contra la pared opuesta a la puerta. El ascensor había quedado inmóvil y con las luces prendidas. Su tablero electrónico marcaba el número nueve y sobre ese recuadro colgaba un cartel que indicaba: «Capacidad máxima 10 personas - 850 kg». Miré alrededor y conté nueve en total. *Bien, por lo menos no es por exceso de peso*, pensé.

Éramos nueve, en el noveno, a las diez y media de la mañana y las combinaciones posibles para los juegos de azar eran varias, pero para otro momento.

Decidí romper el silencio y proponer algo útil:

—Disculpen, pero me parece que ya podríamos apretar el botón de alarma.

Nadie dijo nada pero el muchacho del *delivery* —que había quedado contra el tablero— me hizo caso y apretó el botón con el dibujito de campana. Empezó a sonar la alarma, que gozaba de excelente salud y era insoportable.

A mi izquierda había un señor que pasaba los cincuenta y tenía pinta de productor de seguros o de visitador médico, que suavemente dijo:

—Bueno, esperemos que escuchen la alarma y llamen a los bomberos. El problema es si quedamos entre dos pisos, porque si estamos justo en el noveno tendrían que abrir la puerta a la fuerza y listo.

En la zona del medio —dándome la espalda— había una chica vestida con un uniforme que parecía de azafata y una billetera en la mano, por todo equipaje, que comentó:

—¿Alguno tiene señal de celular? Yo no traje el mío y en general adentro del ascensor no hay señal de ninguna empresa.

Todos menos ella buscamos afanosamente nuestros teléfonos y miramos las pantallas. Ninguno tenía ni una sola rayita; es más, varios teníamos el desagradable cartel de «Red no disponible».

—¿Vos trabajás en este edificio? ¿Es la primera vez que se queda uno de estos ascensores? —le pregunté a la no azafata, quien se dio vuelta y me contestó:

—Sí, trabajo acá hace un par de años. En el verano se quedaron todos los ascensores pero porque se cortó la luz y en cuanto conectaron el grupo electrógeno, arrancaron sin problemas... Habrán sido cinco minutos.

Creo que entendí la mitad de lo que dijo porque el sonido de la alarma impedía una conversación normal.

—¿Se puede parar la alarma? Vamos a estar a los gritos —dije mirando a todos en general y al *delivery* en particular.

El muchacho tocó el botón en cuestión y ya que estaba tocó todos los botones del tablero, por las dudas. La alarma siguió su curso.

¿Cuántos minutos pasaron? ¿Cinco? Debería existir una tabla de equivalencias, según la cual cada minuto de encierro en un ascensor sea igual a una hora.

Mi devaneo fue interrumpido por un personaje al que no había registrado hasta ese momento.

—No se asusten pero soy claustrofóbico y me estoy empezando a sentir mal. Además, si no salimos en diez minutos, pierdo un vuelo. Yo ya tendría que estar en Aeroparque.

Miré al señor nervioso. Debía tener alrededor de cuarenta y era obviamente un *businessman* o, como se decía antiguamente, un ejecutivo, muy producido, a mi gusto.

La señora que estaba a mi derecha —a quien tampoco vi antes— le preguntó seriamente al engominado:

—Si le sirve un Rivotril, le puedo convidar uno con mucho gusto.

Tuve que hacer fuerza para no largar una carcajada. La señora del ansiolítico pisaría los setenta y de hecho se parecía bastante a la madre de una amiga mía. ¿Qué hacía en ese edificio? Me dio mucha curiosidad, pero lo llamativo fue que la respuesta a su ofrecimiento vino de un muchacho que andaba por adelante, casi pegado a la puerta.

—Señora, si le sobran dos y en un ratito no salimos, yo le voy a aceptar uno porque yo ya estaba nervioso cuando subí al ascensor para ir a la calle a fumar.

Las risitas fueron varias y no de los ansiosos, obviamente. Desde mi posición solo podía ver al muchacho por partes, pero me pareció que tenía pinta de administrativo sufrido, con camisa y corbata muy gastadas y un *cardigan* tejido por una mujer de su familia en un invierno lejano.

Noté que cada uno de ellos habló levantando la voz porque la alarma seguía sonando. De hecho, el ejecutivo le contestó a la señora, pero nunca supe qué le dijo.

Para sorpresa de todos, habló una mujer diminuta que andaba perdida por el medio —delante de la chica de la billetera— y sin dirigirse a nadie dijo:

—Yo trabajo en el servicio de limpieza del edificio y mi marido en el servicio de seguridad y está de turno en la puerta. Ya deben haber llamado a los bomberos porque salta que hay un ascensor parado en un tablero que hay abajo, en la parte de servicio. Este ascensor hace rato que anda mal, ya vinieron los del *service* la semana pasada, pero si quedamos entre dos pisos va a estar bravo, porque estos ascensores no tienen tapa en el techo.

Recién en ese momento me di cuenta de que el ascensor no tenía espejos porque no tenía forma de verle la cara a la buena señora, que por su acento debía ser peruana o colombiana, lo que no era ninguna sorpresa en esos días.

La hermana latinoamericana había dado buenas y malas noticias que generaron varios comentarios entre todos, de los cuales escuché poco y entendí menos. Mi desesperación empezaba a ser la alarma y no el encierro.

—¡Yo tengo que salir de acá, si pierdo el vuelo me echan de la empresa! —dijo el ejecutivo, que más que nervioso parecía estar al borde de un ataque de ansiedad o de pánico o de claustrofobia o todos juntos.

—Señor, disculpe el atrevimiento pero yo que usted acepto el Rivotril que le ofreció la señora y quédese tranquilo que si pierde el avión, no lo pueden despedir por eso, porque esta situación es de fuerza mayor y dista de ser causal de despido —dije en un tono audible y firme.

—Suena a que es abogada, pero mi problema es que hace rato que me quieren rajar y esta sería la gota que colme el vaso —dijo el ejecutivo, quien parecía haberse encogido en el último minuto y, más que Rivotril, daban ganas de darle un Mejoralito.

—Soy abogada y si quiere después le paso mi tarjeta, pero igual le sugiero que ahora sólo gaste energía en estar lo más sereno posible —dije. Los demás me miraron con una mezcla de aprobación y gratitud que me incomodó.

—¿Les molesta si trato de apoyar la bandeja en el piso? No puedo más con el peso —dijo tímidamente el *delivery*. El cambio de tema era bienvenido, pero no el espacio que ocuparía la bandeja en el piso. Nadie dijo nada, varios hicimos ademanes y la bandeja fue apoyada.

—¿Y si golpeamos la puerta y gritamos auxilio para ver si nos escuchan y alguien nos contesta? —preguntó el ejecutivo, dejando en evidencia que su calma duró dos minutos.

—No entiendo que no haya un intercomunicador en este ascensor. Lo lógico sería que alguien nos hablara y nos dieran información —acotó la señora mayor.

—Coincido con usted, se ve que compraron el modelo base y no el *full*… —dije. Nadie festejó mi comentario, que aspiraba a ser gracioso.

—Me parece que me está bajando la presión —anunció la chica de la billetera. Teníamos un problema nuevo.

—¿Estás embarazada? —preguntó la mayor del grupo.

—¿Cómo se dio cuenta? No me diga que ya se me nota —dijo. La mezcla de sorpresa y desesperación de la futura mamá era notable.

—Disculpame, lo dije sin pensar, cosa de vieja —fue la respuesta de la abuela.

—Vení, te cambio el lugar, así te apoyás contra la pared y te sentás —fue la propuesta caballeresca de nuestro asesor de seguros y visitador médico, del cual a esas alturas ya me había olvidado. La embarazada aceptó encantada e hizo lo sugerido, a pesar de lo cual seguía pálida. Le ofrecí una pastilla de menta —por el azúcar— que también aceptó y noté varias miradas de «yo también quiero», de las que no me hice cargo, porque las cuatro pastillas que me quedaban pasaron a ser un bien preciado para mí.

—Dotora, yo despué le voy a pedir su tarjeta, porque alguien me va a tener que indennizar a mí por este garrón. Ya yevamo media hora acá encerrado y yo ya tengo ganas de cagar a trompadas a alguien —fueron las dulces palabras del motoquero.

La lógica indicaba que para ese personaje un ansiolítico equivalía a una aspirina. Estuve tentada de contestarle: «Máquina, tranquilate, no te enloquezás», pero supuse que sólo empeoraría las cosas, por lo que opté por decirle:

—Con mucho gusto después le paso una tarjeta. Vamos a ver a quién le sacamos unos mangos por nuestro encierro, pero en este momento me parece que lo importante es que todos tratemos de conservar la calma.

—Yo estoy calmado o usted me ve nervioso como al maraca ese —acotó señalando al ejecutivo. Ahora sí que se ponía lindo. Todos miramos al ejecutivo.

—¿Qué dijiste morocho? —fue la respuesta sutil del acusado, que no negó la imputación.

—¿A quién le decí morocho vo? Vení puto que te parto la nariz al medio.

La reacción del motoquero fue tan elocuente, que mientras lo decía se abalanzó contra nuestro alterado ejecutivo y lanzó un gancho de derecha que rozó la cara del productor de seguros, aterrizando contra la pared del ascensor, porque el engominado logró esquivarlo. El motoquero lanzó una exclamación de dolor y enrojeció de ira. Trató de acercarse para agarrarlo de la corbata, del cuello o de donde pudiera, pero fue bruscamente detenido por el visitador médico, nuestro héroe.

—Pará flaco, que casi me la das a mí. Después la arreglan afuera, acá no, que hay una señora embarazada y una señora mayor. Cortala.

El ídolo de la platea femenina fue tajante. El motoquero volvió a su lugar y el engominado recuperó cierto color en su cara, mientras me miraba como diciendo: «Le vamos a hacer juicio por discriminación». Había quedado claro que el motoquero no era *gay friendly* y el resto del grupo, en principio, sí. Otro que estaba pálido era el *delivery*, que había quedado aplastado contra el tablero, sin chance de nada. La diminuta señora de la limpieza ni se alteró y el administrativo tenía cara de «quiero fumarme cinco puchos al hilo». Yo lo acompañaba plenamente con ese sentimiento. Por las dudas miré a la embarazada y a la señora mayor, que daban la impresión de estar en mejor estado que los demás.

Cuarenta minutos de encierro que parecían por lo menos dos horas y la alarma que seguía sonando… Y yo que no la soportaba más y empezaba a necesitar un baño para eliminar líquido.

De repente, empezaron a titilar las luces y la alarma se detuvo. Ay qué alivio, al menos para mí. A los demás parecía preocuparles más el tema de las luces, que daba un toque *thriller*, para qué negarlo. Pero el efecto teatral fue reemplazado por el celestial de una voz humana que provenía de alguien que no estaba encerrado con nosotros, que gritó:

—¿Me escuchan? —dijo la voz masculina que parecía venir de arriba.

—¡Síííííí! —gritamos todos al unísono.

—El ascensor quedó entre el noveno piso y el octavo y no hay suficiente espacio para sacarlos. Tampoco los podemos sacar por arriba porque no hay tapa. Ya llegó la gente del *service* y están trabajando, pero se complicó con un repuesto. ¿Cuántos son? ¿Están todos bien?

Todos me miraron e hicieron lugar para que yo me acercara a la puerta y le respondiera a nuestro misterioso salvador. Parecía una coreografía previamente ensayada. Al mismo tiempo los miré, como diciendo: «Puede contestar cualquiera, ¿por qué entienden que debo ser yo?». Hubiera sido la escena ideal para el numerito musical de la película. Pero para no perder tiempo ni discutir con nadie, acepté el comando tácito, me acerqué y grité:

—Somos nueve. Hay una chica embarazada, una señora mayor y un señor claustrofóbico, pero estamos todos bien. ¿Cuánto más van a tardar?

—Calculen media hora más. ¿La ventilación anda? ¿Tienen luz? ¿El embarazo es avanzado?

Ni me molesté en mirar a mi alrededor y contesté:

—Hay aire, las luces titilan y la chica está de dos meses. ¿Usted es bombero o policía? —dije sin saber para qué pregunté eso.

—Bombero. No se asusten cuando escuchen que el ascensor arranca. La idea es que aparezcan en planta baja.

Ya adoraba a este hombre que decía lo que uno quería escuchar y hacía que sonara simple y creíble. Me aflojé y tuve la mala idea de decirle a mis compañeros:

—Bueno, ahora si alguien tiene un mazo de cartas o unos dados podemos jugar un rato o recordar películas de gente encerrada en un ascensor...

Nadie me contestó. Todos me miraron mal y la conclusión era: «Se nos cayó la ídola». De hecho, no sé bien cómo reaparecí en mi lugar original, cosa que agradecí porque era evidente que el medio me sentaba mal. Había perdido la perspectiva.

Miré el reloj: ya se había cumplido una hora, probablemente la más larga en la vida de varios de nosotros.

Las luces seguían titilando y nadie hablaba, cuando lo que hubiese correspondido era que tratáramos de tener una incómoda charla «de ascensor».

Mi necesidad de un baño se estaba tornando en urgencia. Qué detalle innecesario.

Era evidente que ya todos estábamos ansiosos y más allá de la posible pastilla de la señora mayor, recordé mis mentitas y busqué una en la cartera. Estaba distraída cuando escuché:

—Doctora, si quiere vaya repartiendo las tarjetas porque creo que este es el momento y no cuando salgamos.

Las sensatas palabras provenían de nuestro ¿productor-visitador?

Decidí que no me iba a quedar con la intriga.

—Ya las reparto y mientras le pregunto por curiosidad: ¿a qué se dedica?

—Soy productor de seguros y visitador médico.

Tuve que hacer un esfuerzo supremo para no reírme e inaugurar un *toilette* inexistente. Era como si él mismo no hubiera podido decidirse entre los dos oficios y, por ende, no le hubiera quedado más remedio que ejercer ambos.

Para disimular mi tentación busqué mi tarjetero y empecé a repartir. Casualmente tenía ocho tarjetas.

Todos quedaron en llamarme a la brevedad y fue notable cómo el motoquero y el ejecutivo —sólo con sus miradas— establecieron que no irían juntos a ninguna parte.

Se estaban cumpliendo los noventa minutos, por lo que parecía que jugaríamos el suplementario, que era preferible a una definición por penales.

Otra mentita, tan sólo para tratar de distraerme de mi acuciante retención de líquidos.

Se apagaron las luces y hubo exclamaciones varias. Treinta segundos y volvieron a prenderse, sin titilar. El ascensor arrancó, pero moviéndose hacia arriba. Se sintió una mezcla colectiva de alivio, entusiasmo y cautela. El tablero marcaba Piso 13 cuando el ascensor se detuvo, otra vez. ¿Tenía que ser en el trece? Nadie dijo nada. Volvió a arrancar, ahora hacia abajo. Los gestos se aflojaron, un poco. El tablero marcaba 7… 6… 5… 4… ¿Llegaríamos?, parecía que todos conteníamos la respiración. Seguía bajando, 3… 2… y se detuvo en el 1º, pero se abrió la puerta. Varios aplaudieron, mientras salían en estampida. No había nadie en ese *hall*, porque estarían esperando en planta baja. Busqué un baño, desesperada. Vi que la señora mayor y la embarazada entraban detrás de mí. Volvimos juntas al pasillo y sólo nos encontramos con el señor de los dos oficios. Bajamos todos juntos por la escalera. En la planta baja estaban los demás y un par de policías, de bomberos y personajes varios.

Hubo algunos breves saludos que demoraron mi llegada a la vereda. Salí a la calle. Hacía frío, que fue bienvenido. Prendí un cigarrillo y empecé a caminar. Tardé diez cuadras en decidir si quería entrar a un bar a tomar un café. Tardé un año en subirme a otro ascensor y seis meses en lograr un acuerdo extrajudicial, con el que todos quedamos muy conformes e «indennizados».

The Cardiff Corporation

*«La ciencia y la técnica, al servicio de los
intereses de poder, conducirán al mundo a formas
sociales de dominación absoluta, a instituciones
opresoras a las que nada quedará al margen,
de las que nadie escapará».*
—*Aldous Huxley*

La noche del treinta y uno de diciembre del dos
mil cuarenta y nueve, James falleció de un
infarto, sentado en el sillón del living de su casa
en Londres, mientras el holograma de su hijo
Alexander daba el discurso de Año Nuevo, como
presidente de la Cardiff Corporation, para Europa.

El nanodispositivo del brazo izquierdo de James
encendió las alarmas y la ambulancia llegó diez
minutos después. Una vez que la policía derribó la
puerta, ya no había nada que hacer. También se activó
el llamado de emergencia para Alexander, que no fue
atendido ni registrado.

Las cámaras de seguridad instaladas en la casa
mostraron que James estuvo solo esa noche, no comió
nada, tomó *whisky* y empezó a llorar en cuanto escuchó
el discurso de su único hijo. Soltó el vaso que tenía en

su mano izquierda y se agarró el pecho por un minuto, hasta que dejó de respirar.

Alexander y James casi no tenían trato. La madre había fallecido en un accidente en el dos mil doce, cuando Alex tenía nueve años. En esa época, James trabajaba para el Banco Mundial y vivían en Bruselas.

La crianza de Alex había sido muy complicada, pero la peor parte comenzó cuando fue captado por el Grupo Cardiff en Oxford, que representaba todo lo contrario a lo que su padre trató de inculcarle.

Ambos eran abogados. James siempre buscó trabajar en favor de los derechos humanos individuales, de los países más pobres y menos desarrollados, mientras éstos existieron y el Banco Mundial tuvo programas para ellos.

Para cuando Alex se recibió, el mundo había cambiado por completo y todas las catástrofes presagiadas —desde Nostradamus en adelante— sucedieron, sin que James, el Banco Mundial o la gente más poderosa del planeta pudieran evitarlas.

El Grupo Cardiff había dejado de ser un secreto para el gran público a fines de los años noventa, gracias a un periodista muy curioso y perseverante. En realidad, la fundación del grupo fue posterior a la II Guerra Mundial, en una fecha un tanto incierta y en la ciudad de Cardiff, por elección de Inglaterra, uno de los países fundadores. Los miembros originales no fueron más de diez y entre ellos prometieron realizar una reunión anual, siempre en una ciudad distinta y en secreto. Sólo ellos conocían los temas a tratar y el resultado del encuentro —sin testigos— nunca se escribía.

Con el paso de los años el número de integrantes fue creciendo, pero nunca fue superior a cincuenta miembros. Algunos eran «invitados especiales», como los candidatos a presidente de determinados países o, ante su posible asunción, algún heredero de las coronas que quedaban en pie a finales del siglo XX.

El Banco Mundial conocía la existencia de Cardiff, como también los servicios secretos más importantes del mundo. Nadie se entrometía ni preguntaba, ya que esto implicaba cuestionar a los propios jefes de estado. Existían otros grupos similares, pero con características económicas o tecnológicas. El Grupo Cardiff era el más importante, con absoluto poder político, en las sombras.

Hacia el final de su carrera, James había ocupado un alto cargo. Su función lo obligaba a manejar cierto nivel de información clasificada, que podía quitarle el sueño a una estatua.

La carrera de Alex en Oxford fue brillante y su padre la siguió de cerca lo más que pudo, gracias a sus contactos y no a los monosílabos de su hijo. James intentaba comunicarse con él pero no lo lograba. De hecho, podía reconocer la incapacidad de Alexander de conectarse afectivamente en general, tal como le sucedió a él, con excepción de su esposa. Alex nunca le hablaba de una chica y James creía que su hijo era gay o bisexual, como la mayoría de la gente de su edad. Esos términos pertenecían a clasificaciones de su generación y para finales de los años veinte era como tratar de señalar que alguien tenía el pelo ondulado o lacio.

Alexander se recibió con honores en el dos mil treinta, que fue el año que cambió el mundo conocido hasta ese momento.

Como había sucedido en el pasado con enfermedades como el sida o el ébola, nunca se supo con exactitud dónde y cómo se generó el virus XR4[4], pero el resultado fue que en un año eliminó a casi mil millones de personas, el equivalente al diez por ciento de la población mundial.

El virus estaba en el aire, en el agua, se contagiaba ante cualquier contacto físico, no tenía ninguna cura y la persona infectada moría en menos de veinticuatro horas, sin importar su edad, sexo, raza o estado físico.

Se habían intentado medidas preventivas de todo tipo, con paralización de actividades estatales, escolares, campos para infectados, vacunas, antibióticos, aislamiento total de grupos; nada había resultado porque la realidad era muy simple: la gente que no se contagiaba tenía un anticuerpo natural contra ese virus. Fue una especie de lotería contra la muerte, en un año en el que el mundo entero no vivió, no durmió, no produjo, no consumió y colapsó.

James no se contagió pero dejó de dormir unos meses antes, después de un almuerzo con un viejo amigo que todavía revistaba en el servicio secreto británico.

---

[4] El virus XR4 fue descifrado y denominado por dos científicos alemanes, Wolfgang Holt y Hans Miller, el 29 de enero de 2030. Los primeros casos fueron registrados en la República Democrática del Congo.

Alexander tampoco adquirió el virus y fue designado por el Grupo Cardiff en un cargo importante dentro de la estructura europea.

La lotería no perdonó a ciertos presidentes, reyes, príncipes, multimillonarios, científicos, deportistas o artistas, aunque el azar no dejaba de ser llamativo, pues fallecieron más de veinte mandatarios africanos, latinoamericanos y asiáticos pero ningún europeo.

El caos mundial desatado por la enfermedad durante su primer mes fue el escenario ideal para que las grandes potencias del siglo XX decidieran el establecimiento de una Administración Global, con sede en Zúrich. La denominación de «Administración» no era más que un eufemismo para evitar que se entendiera que la suerte del mundo entero había quedado en manos del Grupo Cardiff, el que a su vez adoptó el nombre de Cardiff Corporation, como si se tratara de una simple operación de *marketing*. El principal brazo de la corporación era el político, pero también existían el tecnológico, el militar, el productivo, el sanitario y el social.

A la histeria y a la paranoia de la población, se sumó el enorme problema que empezaron a representar los cadáveres acumulados por doquier. La gente pretendía migrar sin saber adónde, como si dejar su lugar de origen fuera la solución. Los transportes aéreo y marítimo de pasajeros fueron suspendidos y sólo eran usados para trasladar agua, comida y medicamentos. Los edificios públicos fueron convertidos en hospitales y los ejércitos desplegados para dar ayuda sanitaria y traslado.

Era una guerra contra un enemigo invisible e invencible, donde las balas y la tecnología no servían para nada.

El Banco Mundial, como tantas otras organizaciones internacionales, fue desmantelado. Los funcionarios más jóvenes que sobrevivieron fueron reasignados. James tenía cumplidos los sesenta años, por lo que fue retirado de su cargo.

La vida diaria se había transformado en una tortura, en la que sólo se trataba de sobrevivir con lo poco disponible. En tres meses el desabastecimiento fue total, sobre todo en las grandes ciudades.

Eran muchos los servicios, comercios e instituciones que dejaron de funcionar, por la simple razón de que todos los empleados habían fallecido.

En las últimas décadas el mundo vivió en guerra por el petróleo, sin entender que los bienes escasos eran el agua y los alimentos. James lo había entendido muchos años antes, y por esa razón no podía dormir.

El que distaba de ver las causas de una realidad irremediable era Alexander. Cuando promediaba su carrera en Oxford, fue convocado por la entonces rectora, Mrs. Traynor, quien le propuso comenzar su entrenamiento para formar parte del equipo del Grupo Cardiff, del cual le contó muy poco, por no decir nada. Cuando Alex se instaló en Zúrich, descubrió que «Mrs. T.» era la superior a quien debía rendir cuentas. También descubrió que las pocas normas que regulaban el funcionamiento de la Administración, distaban de parecerse a los ideales de las Naciones

Unidas, la OEA, la OTAN o la Unión Europea, ya inexistentes[5].

El contagio del virus era cada vez menor pero seguía acumulando víctimas todos los días.

Los sobrevivientes pasaron a ser denominados «ciudadanos del mundo», con pérdida de su nacionalidad, aunque se mantuvo la división geográfica de los cinco continentes, por cuestiones de organización.

Durante la década siguiente murieron más de quinientos millones de personas, no sólo a causa del XR4, sino también por hambre, falta de atención médica o cataclismos naturales como tsunamis, huracanes, sequías o erupciones volcánicas, que pasaron a ser habituales en casi todo el planeta.

La población vivía aterrada por todo. Parecía que finalmente la gente había entendido que el concepto de «seguridad» siempre fue una ficción.

Una cantidad importante de las estructuras políticas que habían fracasado durante el siglo anterior, fueron otra vez adoptadas por la Administración, como si la certeza de su nuevo fracaso no tuviera ninguna importancia.

Alexander resultó un ejecutivo sobresaliente y se enorgullecía de la eficiencia del bloque europeo, al igual que su mentora, aunque poco le importaba que su padre tuviera que hacer la fila[6] o que tuviera que

---

[5] Estos organismos fueron disueltos entre los años 2030 y 2031 por la Administración.

[6] Fila: todos los ciudadanos debían presentarse, a diario, en los Centros de Distribución para sus raciones de alimentos y agua, en distintos horarios, según su edad y número de terminación de identificación personal.

convivir con una familia de extraños, dentro de su propia casa.

Para James en realidad no se trataba de extraños; era la familia de Sara, la hija de su viejo amigo Benjamin, del servicio secreto británico, con quien confabuló para lograr esa combinación.

Benjamin y James habían estudiado juntos y tenían la misma edad. Benny también era viudo y tanto él como Sara y su familia habían sobrevivido al virus.

Hacía muchos años que Benny se mostraba interesado en el Grupo Cardiff, a tal punto que James sospechó de una posible colaboración con un periodista.

Cuando coincidían en Londres, les gustaba caminar por el British Museum. En esas ocasiones, ambos dejaban cientos de frases por la mitad. Benny estaba convencido de la notable influencia de Cardiff en la mayoría de los acontecimientos importantes para la humanidad, posteriores a la II Guerra, ninguno de los cuales fue positivo, al menos para el noventa y cinco por ciento de la población mundial.

Un año antes de que apareciera el XR4, Ben se mostró muy preocupado con James durante un almuerzo y fue poco lo que dijo ese mediodía. En la memoria de su amigo quedaron algunas frases inconexas sobre una posible guerra bacteriológica y que debían prepararse para formar parte de la Resistencia.

Hacia fines del año treinta, los dos amigos pudieron reunirse en Londres y acordaron —con un *whisky* de por medio— la fundación de Maginot[7]. La alusión histórica para ellos era obvia, pero especularon que muy pocos recordarían la versión original. Esa misma noche coincidieron en que los primeros desafíos consistirían en no ser descubiertos —sobre todo por Alexander— y en que tendrían que reclutar nuevos miembros sin usar tecnología, ya que cualquier dispositivo era fácilmente rastreable por H.A.L.[8], que para ese entonces tenía el tamaño de cien estadios de fútbol, y estaba localizado al norte de Boston.

Los dos sonreían amargamente ante la paradoja de cómo vivían rodeados de aparatos electrónicos que no servirían para salvar ninguna vida, ni en la versión oficial ni en la clandestina.

Maginot hizo honor a su nombre, porque debieron recurrir a viejos trucos usados en la I Guerra Mundial. Fue un trabajo ciclópeo, de un día a la vez. Los fundadores tenían en contra su edad y estado físico, por lo que Sara y su marido resultaron un eslabón fundamental.

---

[7] La Línea Maginot (en francés: Ligne Maginot) fue una línea de fortificación y defensa construida por Francia a lo largo de su frontera con Alemania e Italia, después del fin de la Primera Guerra Mundial.

[8] H.A.L.: Centro de cómputo originalmente creado por EE.UU. Su existencia fue oficializada por la Administración en el 2030. Toda comunicación enviada desde cualquier tipo de dispositivo electrónico, desde cualquier lugar del mundo, era registrado, descifrado y aprobado por H.A.L. Su nombre fue tomado de la megacomputadora de la novela de ciencia ficción *2001: A Space Odyssey* (*2001, Odisea del Espacio*), escrita por Arthur C. Clarke en 1968, desarrollada en paralelo a la versión cinematográfica dirigida por Stanley Kubrick, y publicada después del estreno del filme. La historia se basa en varios cuentos de Clarke, principalmente en *El Centinela*, escrito en 1948.

El hombre ya había aterrizado en Marte para ese entonces, pero la Resistencia se movía de boca en boca, con mensajes en papeles diminutos que eran pasados en la calle y tragados si era necesario.

Benny era consciente del sufrimiento permanente de James, por estar en la vereda opuesta a la de su hijo y, a su vez, rezar para que Alex no lo supiera.

Para Maginot, era muy llamativa la extrema eficiencia de la Administración, desde las cuestiones más complejas hasta los detalles de la vida diaria. Tal nivel de organización había requerido, evidentemente, años de preparación.

La propiedad privada fue eliminada. Todas las empresas —de cualquier rubro y tamaño— fueron absorbidas por alguna rama de la Administración. La justicia quedó en manos de tribunales internacionales y a nivel local estaba a cargo la Policía Global. Las profesiones liberales pasaron a ser dependientes de alguna de las ramas, según la necesidad de cada continente. La educación se impartía *on-line* y la totalidad de los contenidos eran determinados por la Administración. El individuo que no tenía una profesión u oficio calificado era enviado a trabajar al campo. Las ciudades sólo quedaron pobladas por gente sana, que podía trabajar o sobrevivir sin molestar a los productivos. Los demás fueron distribuidos en distintos campos, según sus particularidades.

La elaboración de comida sintética había avanzado notablemente en la última década, al igual que el reciclaje de las aguas servidas, que resultó viable al corto plazo; no así la transformación del agua de mar.

Hacia finales de la década del veinte, el dinero billete había dejado de existir, para transformarse en *e-money*[9], pero la encargada de que desapareciera el concepto de salario fue la Administración, es decir, el Grupo Cardiff.

Desde aquella noche en que fundaron Maginot, Benny y James supieron que sería muy poco lo que podrían hacer, pero ninguno de los dos soportaba la idea de no hacer nada. La convicción de que podían reunir a unos cientos de personas en esa parte del mundo, bajo la simple consigna de estar contra la Administración, era suficiente incentivo. Si además lograban burlar algunos controles fronterizos, sanitarios y conseguían raciones extras, se darían por satisfechos.

¿Quién era el enemigo? ¿El virus? ¿La Administración? ¿La superpoblación mundial? ¿H.A.L.? ¿Cardiff? ¿Alexander? ¿Todos?

Les tomó varios años lograr que sus viejos amigos y colegas supieran de la existencia de Maginot. Algunos se unieron a ellos y otros no. La generación posterior parecía tener pocas quejas ante esa Nueva Administración Mundial. Sara y su esposo, Andrew, habían perdido a la mayoría de sus amigos y conocidos por mostrarse en contra.

Tal como hizo su abuelo en mil novecientos cuarenta, James logró esconder algunos libros de papel dentro de su propia casa, fuera del alcance de las inspecciones[10].

---

[9] La denominación *e-money* ya era utilizada en internet y por distintos organismos a principios del siglo XXI.
[10] La Administración realizaba inspecciones regulares y sorpresivas en casas particulares, para verificar todo aquello que considerara necesario.

Una noche, James le contó a Benny acerca de sus libros y su amigo no pudo evitar preguntarle cuáles eran los títulos rescatados. James empezó a recordar los que le habían parecido más conflictivos —por su notable parecido con la realidad *sci-fi* en la que vivían— y así fue que le enumeró a su amigo: *Un mundo feliz*[11], *1984*[12], *La naranja mecánica*[13], *2001*[14], *Yo robot*[15], *Cita con Rama*[16], *En el camino*[17], *Rebelión en la granja*[18], *Farenheit 451*[19], *Salem's Lot*[20], *La Metamorfosis*[21], y algunos otros.

Benny sonrió con algo de amargura y le contó que una vez escuchó una conversación grabada por el «MI6», en la que un miembro de la Familia Real le comentaba a otro que *Un mundo feliz* había sido un encargo de Cardiff a Aldous Huxley, a quien luego no felicitaron, ya que el objetivo no fue literario. James no se sorprendió.

Aquellos libros en papel los heredó de su padre y de su abuelo. Cuando Alex era adolescente, James logró que leyera algunos, pero, por lo visto, no dejaron

---

Las sanciones podían consistir en la pérdida de la vivienda para el dueño original o en la reubicación de los convivientes o en la disminución de raciones, a criterio del inspector.

[11] *Brave new world*, 1932, Aldous Huxley.
[12] *1984*, 1949, George Orwell.
[13] *Clockwork Orange*, 1962, Anthony Burgess.
[14] *2001: A Space Odyssey*, 1968, Arthur C. Clarke.
[15] *I, robot*, 1950, Isaac Asimov.
[16] *Rendez-vous with Rama*, 1972, Arthur C. Clarke.
[17] *On the road*, 1957, Jack Kerouac.
[18] *Animal farm*, 1945, George Orwell.
[19] *Farenheit 451*, 1953, Ray Bradbury.
[20] *Salem'slot*, 1975, Stephen King.
[21] *Die Verwandlung"* (título original en alemán) 1915, Franz Kafka.

ninguna huella en él o, lo que era peor, le dieron «ideas» de cómo debían ser las cosas.

Cardiff nunca había suspendido sus reuniones anuales, de las cuales seguía sin haber ningún registro, a no ser que uno quisiera asociar que, a continuación, la Administración siempre implementaba un nuevo paquete de medidas.

Desde el año dos mil cuarenta y cinco, los grandes números no hicieron más que empeorar. A pesar del estricto control sobre la reproducción, la población mundial seguía aumentando por la simple razón de que el XR4 prácticamente había desaparecido y era normal que las personas mayores cumplieran cien años. Los accidentes naturales parecían empecinados en ocurrir en lugares donde se concentraban los productivos, por lo que la población no productiva estaba a punto de ser mayoría.

Alexander trabajaba doce horas por día. Vestía el uniforme corporativo, como todos y vivía en uno de los complejos destinados al personal. Por su rango tenía un departamento para él solo, sin restricciones de visitas o provisiones.

El expediente[22] de su padre había pasado por sus manos y por supuesto que conocía a Benjamín y a Sara. Lo aprobó en el sistema y lo guardó bajo llave, lejos del alcance de Mrs. T.

Alex estaba convencido de que la superpoblación mundial versus la falta de recursos naturales era una ecuación que —en forma natural—

---

[22] La información ultraclasificada relacionada con los empleados jerárquicos de la Administración o personas públicas o conflictivas, era archivada en papel, en original, dejando sólo los datos básicos en el sistema.

no tenía ninguna solución, por lo que la aparición del XR4 había resultado casi un milagro, lo mismo que los cataclismos naturales, sobre todo en Asia y África. Volvía agotado por las noches a su departamento y su vida social era nula fuera de la corporación. No existía tiempo para relaciones personales, no cuando cargaba sobre sus espaldas la responsabilidad de que un continente entero tuviera agua, comida, vestimenta y seguridad todos los días.

Nadie podía negarle el esfuerzo que puso para llegar a donde estaba, y sólo él conocía el agotamiento que experimentaba después de casi veinte años de carrera.

Hacia fines del año cuarenta y nueve, tuvo que intervenir personalmente ante un informe de una inspección realizada en la casa de su padre, que daba cuenta de ciertas irregularidades en el comportamiento de los convivientes, aunque sin mayores pruebas. Benjamin, Sara y su familia fueron reubicados en otra ciudad, pero Alexander logró que su padre conservara su casa y viviera solo, ya que su salud no era buena. Hacía muchos años que no lo veía y no tenía intenciones de visitarlo, pero ordenó que colocaran cámaras, sensores y chips de todo tipo para poder controlarlo. Una vez más guardó el expediente en un cajón de su escritorio, decidido a no investigar nada relacionado con ese episodio. No tenía el menor interés en descubrir hechos que involucraran a su padre y, por ende, lo obligaran a actuar en su contra. Nunca supo que de esa forma se había dado por terminada la existencia de Maginot.

Alexander se alarmó cuando una mañana de fines de noviembre, Mrs. T. lo convocó a su despacho.

No era habitual que lo citara en persona y había pasado menos de un mes desde el episodio en la casa de su padre. Para su sorpresa, Mrs. T. le informó que el Grupo se reuniría ese año antes de lo previsto, aunque tuvo el buen gusto de no decirle ni dónde ni cuándo, datos que de por sí debían ser desconocidos para ambos. También le comunicó que ese año había sido elegido por la Administración para dar el discurso habitual del treinta y uno de diciembre, que sería transmitido *on-line* a todo el mundo. Él distó de sentirse halagado, aunque no sabía por qué.

Se acercaba Navidad y Alexander se sentía muy cansado y desanimado. Tuvo que admitirse a sí mismo que le pesaba la idea de que su padre pasara esa fecha a solas y decidió que lo visitaría de sorpresa.

El veinticuatro de diciembre amaneció con una de las peores tormentas de nieve que se pudieran recordar en los últimos diez años en toda Europa y no habría forma de llegar a Londres desde Zúrich. Alexander se puso de pésimo humor; detestaba los cambios de planes y los imprevistos. Tampoco quiso hablar con James en ese estado, por lo que le envió un texto que podría ver en cualquier dispositivo de su casa.

Los días previos a Año Nuevo fueron caóticos porque la Administración había dispuesto un nuevo paquete de medidas que Alexander debía anunciar en su discurso.

Supuso que él mismo escribiría el discurso, pero Mrs. T. se lo entregó durante la tarde del treinta de diciembre. Era breve, enunciativo, frío, corporativo y nefasto. Las principales medidas consistían en reducciones de todo tipo y aumento de horas de trabajo, con un claro énfasis en la supervivencia de los productivos, sobre todo de los más jóvenes. Por último, se anunciaba una nueva creación de Cardiff Supplies, dirigida a los improductivos. Se trataba de un alimento sintético, diseñado especialmente para la vejez y ciertas enfermedades crónicas; su nombre era Diffgreen y estaba hecho a base de plancton.

Alex no había cuestionado ni una sola medida u orden de sus superiores en toda su carrera, pero estuvo a punto de comunicarle a Mrs. T. que no cumpliría con el anuncio.

La responsabilidad y la disciplina finalmente lo vencieron y el treinta y uno de diciembre se presentó en la fiesta corporativa, a la hora señalada. Le indicaron que subiera a un pequeño escenario preparado para la ocasión. Con un telón negro de fondo, sobre el cual se proyectaba una imagen en letras plateadas y doradas que decían: *Happy New Year*, Alexander leyó el discurso, rápida e impersonalmente. En cuanto terminó, bajó del escenario y abandonó la fiesta. Afuera nevaba y el frío era insoportable, por lo que fue directamente a su departamento. Se desvistió y se quedó dormido en cuanto se acostó, agotado.

Se despertó sobresaltado, por el aviso de su asistente virtual de que tenía una llamada urgente que debía atender. La aceptó sólo por audio, sin imagen. Un funcionario inglés —de rango muy menor— le comunicó que la noche anterior su padre había fallecido de un ataque cardíaco y que, dada su jerarquía institucional, le solicitaban instrucciones respecto del destino del cadáver. Alexander apenas pudo procesar lo que estaba escuchando y sólo atinó a decirle al funcionario que enviaría las instrucciones más tarde.

Logró salir de la cama y se vistió, como si aquello hubiera resultado fundamental para reaccionar o tomar decisiones. Le pidió a su asistente que le mostrara los registros de la casa de James de la noche anterior. Se sentó en una silla y empezó a ver los hologramas de su padre y de los distintos rincones de la casa de Londres, a partir de las diez de la noche. Vio que su padre había estado solo —como era de suponer—, que no cenó y que se sirvió un *whisky*. Luego se sentó en su sillón del living para ver la transmisión del discurso. Alexander sintió vergüenza aun antes de ver que su padre lloró al escucharlo y que mientras se agarraba el pecho por el infarto, sus últimas palabras fueron: «*Soylent Green*», al mismo tiempo que dejaba caer el vaso y moría.

Alex sintió que se le llenaban los ojos de lágrimas. No recordaba haber vuelto a llorar después del entierro de su madre.

No podía reaccionar y vio la grabación una y otra vez hasta que entendió cuánto le llamaban la atención las últimas palabras de su padre, que no sabía qué significaban. Le ordenó al asistente que buscara todo lo relacionado con *Soylent Green*[23]. Para su

---

[23] *Soylent Green*, título original en inglés, traducido en castellano como *Cuando el destino nos alcance*. Película estadounidense de 1973, dirigida por Richard Fleischer y protagonizada por Charlton Heston. La película está basada en la novela *Makeroom, makeroom!* (en castellano: *¡Hagan sitio!, ¡hagan sitio!*), escrita por Harry Harrison y publicada en 1966. El filme transcurre en el año 2022 en Nueva York. La compañía Soylent es una empresa que fabrica y provee los alimentos procesados de concentrados vegetales a más de la mitad del mundo. Soylent Green es el nuevo producto alimenticio, basado en plancton. El protagonista se ve involucrado en la investigación del asesinato de uno de los principales accionistas de la compañía, que ha sido encontrado muerto en su departamento. Averigua que era miembro de la mesa directiva de Soylent

sorpresa, la búsqueda arrojó sólo un resultado, que era una mención al título original de una película de mil novecientos setenta y tres. Alex leyó atentamente el breve texto y sus lágrimas se convirtieron en gritos desesperados de ira y angustia. Su padre se había muerto del disgusto al escuchar a su hijo anunciar semejante atrocidad, a sabiendas de que Alexander no tenía idea de lo que estaba diciendo. Si todo era verdad, Diffgreen no estaba hecho a base de plancton, sino de personas.

Haber encontrado esa referencia era un error grosero de la Administración y de H.A.L.

La tormenta de nieve no había mejorado, por lo que no podría viajar a Londres para hacerse cargo de los restos de su padre. Envió instrucciones al funcionario inglés para que el cadáver quedara en custodia del Departamento de Servicios Fúnebres para empleados de la Administración, hasta su llegada.

El verdadero problema a resolver era qué debía hacer con la información que acababa de descubrir. La lógica le indicaba que Mrs. T. debía tener archivos ultraclasificados sobre el tema, a los que no tenía ningún acceso.

---

y que había decidido poner fin a su vida después de descubrir que el mundo estaba siendo envenenado y que Soylent Green era fabricado a partir de humanos. Heston continúa investigando el asesinato porque se necesitaban pruebas de que se fabricaban los alimentos a partir de la misma gente, para exponer el caso ante un tribunal mundial y tratar de frenarlos. El seguimiento del cadáver enfrenta al protagonista con el destino real de los cuerpos humanos, que era el procesamiento para ser parte del preparado alimenticio anunciado como Soylent Green y que la compañía asesinó al accionista por temor a que hablase. El final de la película muestra a Heston malherido y diciéndole a los que intentan ayudarlo, que la terrible realidad escondida es que: "Soylent Green...es gente...".

Le ordenó a su asistente que operara sus archivos de la Administración en forma remota y se dispuso a examinar los perfiles de *hackers*, que eran empleados de Cardiff y que habían sido descubiertos —en los últimos tiempos— como traidores, por la venta de *software* e información en general, a cambio de beneficios que les interesaban por razones personales.

Una hora después encontró a su candidato ideal. Se trataba de un hombre que había nacido en Noruega, especialista en *software* de Cardiff Corporation y que había sido descubierto una semana atrás tratando de vender un programa de suministros, a cambio de un pase fronterizo. Fue separado de su cargo pero no encarcelado todavía y vivía en Zúrich. Cualquier tipo de comunicación quedaría registrada, por lo que Alex decidió que iría en su propio auto a la casa de Otto Hansen, quien vivía en un bloque de viviendas individuales, de los tantos construidos por la Administración para sus empleados, sin ningún tipo de seguridad perimetral, que en esas circunstancias era una gran ventaja.

Alex llegó al departamento 1219 y tocó el timbre. Escuchó ruidos adentro y las pisadas hacia la puerta, hasta que Hansen la abrió y al verlo empalideció. Alexander entró, sin pronunciar palabra. De pie en el medio de la habitación, dijo:

—¿Sabe quién soy?

—Sí —contestó Hansen, muy perturbado.

—Decidí venir por lo que le voy a explicar a continuación, pero esta visita nunca existió.

Alexander le relató su descubrimiento y las circunstancias. El hombre se sentó en su cama y le ofreció la única silla que tenía a Alex.

—Si acepta el trabajo, le consigo un pase fronterizo con cambio de identidad y lo borro del sistema de precondenados[24], pero necesito ver resultados antes de la medianoche. Hansen no preguntó nada y aceptó la propuesta.

Alex se sorprendió al ver que Otto sacaba del bolsillo de su pantalón un Dido[25], que seguramente no tendría autorización de la Administración. Hansen lo apoyó sobre la mesa y empezó a trabajar. Alexander entendió que lo mejor sería esperar allí sentado.

Dos horas más tarde, Otto había logrado engañar a H.A.L. y entrar a los archivos de Mrs. T., dentro de los cuales había una carpeta con clasificación de máxima seguridad nombrada como *Soylent Green*. Ambos se miraron, sin decir nada. Hansen pudo abrir algunos archivos aunque no todos.

El plan había sido concebido en una reunión del Grupo Cardiff, en la primera década del siglo y se reactivó tres años atrás, en otra sesión. Los improductivos serían eliminados a discreción y sus

---

[24] Precondenados: los traidores eran sometidos a un juicio formal en el que no eran escuchados sino que el proceso versaba sobre la prueba en su contra. Una vez condenados, eran deportados a cárceles de máxima seguridad, en general dentro del continente al cual pertenecían.

[25] Dido: denominación de un dispositivo de dos centímetros cuadrados, en cuyo exterior sólo había un botón de encendido y un lector láser que proyectaba hologramas, tanto de pantalla como de teclado. También operaba por comandos de voz. Su capacidad de almacenamiento podía igualar a la de cien ordenadores individuales, por lo que su uso era restringido y expresamente autorizado por la Administración para determinado rango de empleados.

cadáveres serían enviados a distintas plantas productoras de alimentos, en todos los continentes, para ser triturados y convertidos en parte del preparado que ahora era anunciado como Diffgreen. El juego de palabras con la versión original era macabro. A su vez, el nuevo «alimento» sería destinado a los improductivos y de esa forma se reservarían la verdadera comida para los productivos.

Hansen intentó durante una hora extraer esos archivos para poder almacenarlos en otro dispositivo, pero fue imposible. También trataron de fotografiarlos, pero la imagen era nula. Otto no podía seguir engañando a H.A.L., debía cerrar todo. Ante la impotencia, Alexander le ordenó a Otto que viralizara los archivos descubiertos. Hansen obedeció y se activarían doce horas después. Los dos hombres sabían lo que habían leído, pero no tenían ninguna prueba concreta.

Desde el Dido de Otto, Alex cumplió con la contraprestación prometida: cambió la identidad de Hansen, emitió un pase de frontera y borró su registro.

Ya era medianoche cuando Alex se fue del departamento de Otto, a quien nunca más vería ni podría contactar. La tormenta de nieve había cesado.

Esa noche Alexander no pudo dormir pese al cansancio. La tristeza por su padre y el peso de lo que había descubierto, más los delitos cometidos con Hansen, eliminaron toda posibilidad de sueño. El otro problema era qué haría al día siguiente, lunes dos de enero de dos mil cincuenta. Sus opciones eran: no ir a la Administración, argumentando que debía viajar a Londres para enterrar a su padre; ir como todos los días y no decir nada; encarar a Mrs. T. con su descubrimiento, o tratar de escaparse en un avión esa misma noche. ¿A dónde? Fugarse era lo mismo que delatarse. No tenía sentido tratar de esconderse. Tampoco tenía sentido tratar de ser «Mc Arrow»[26] frente a Mrs. T. En algún momento de la madrugada, Alex dormitó hasta que su asistente lo despertó, como cualquier día de trabajo.

Llegó a su despacho y no notó nada en particular. A los diez minutos, su secretaria le comunicó que debía presentarse ante Mrs. T. Si bien la viralización se activaría al mediodía, su superiora ya podía haber descubierto que un *hacker* había visitado sus archivos ultraclasificados. Cuando entró, Mrs. T. le indicó que tomara asiento.

—Alexander, lamento comunicarle que he recibido instrucciones específicas de notificarle que a partir del día de la fecha la Administración prescinde de sus servicios, agradeciéndole por todos los años de trabajo y dedicación. Se han dispuesto una serie de medidas relacionadas con la reestructuración de los niveles jerárquicos. Usted no es el único afectado. No es necesario que le indique los protocolos de desvinculación porque los conoce perfectamente. En lo personal, no estoy de acuerdo con esta decisión, pero usted sabe que no depende de mí. Le deseo lo mejor. Ahora, si me disculpa, me están esperando en la sala de reuniones —dijo Mrs. T. Se paró y extendió la mano a Alexander, quien extendió la suya, al tiempo que decía:

---

[26] Superhéroe creado a principios del siglo XXI. Sus historias se publicaban en formato comic y se filmaron seis capítulos para una serie *online*. La Administración prohibió y borró todos los registros relacionados con el personaje, pero su existencia se mantuvo gracias al relato oral.

—Mrs. T., ha fallecido mi padre en Londres. Debería viajar para hacerme cargo de sus restos. Le agradecería que extendiera mis credenciales por unas horas...

—Entiendo, pero recuerde que a la brevedad le será comunicada su nueva función, por lo que deberá regresar a Zúrich en cuanto sea notificado.

Volvió a su despacho aturdido. Era muy confuso lo que acababa de pasar. Había sido despedido, después de veinticinco años de servicio para Cardiff, con cinco frases a cargo de Mrs. T., que sonaron creíbles. Todo parecía indicar que esa decisión ya había sido tomada en otro momento y que no era causada por su actuar de la noche anterior. Poco importaba si Mrs. T. se acababa de enterar como él o ya sabía que el discurso de la noche de Año Nuevo sería el último acto de Alexander como ejecutivo de la Administración.

Faltaban tres horas para la viralización. Tenía tiempo de vaciar su escritorio, volver a su departamento y juntar las pocas cosas personales que tenía, llegar al aeropuerto y tomar un *jet*, que lo dejaría en Londres en veinte minutos.

Dos horas después, Alex entró en las oficinas del Servicio Fúnebre de Londres. Para su sorpresa, su credencial todavía estaba activada, por lo que pidió ver el cadáver, que en forma inmediata procedieran a su cremación y le entregaran las cenizas.

Eran exactamente las once de la mañana en Londres cuando Alex salió de aquellas oficinas con un cofre que contenía los restos de su padre. En Zúrich eran las doce del mediodía: momento de activación de la viralización.

Se dirigió a la casa paterna, a la que hacía por lo menos diez años que no iba. Entró con su clave personal, dejó la valija en el *hall* y recorrió cada una de las habitaciones. Todo estaba como lo recordaba. Su primer objetivo fue esconder las cenizas de James, para lo cual eligió el lugar secreto que usaba de niño en su habitación. Encontró que su escondite personal había sido ocupado por libros, seguramente guardados por su padre. Se tomó todo el tiempo del mundo para mirarlos: algunos los conocía y los había leído y otros no. Finalmente, optó por dejarlos donde estaban y guardó el cofre, muy conforme con que todos los tesoros quedaran en el mismo lugar.

Después se dirigió a la cocina y, para su agrado, descubrió que quedaban algunas raciones. Se sentó en el comedor y mientras comía pensó que quizás lo mejor sería quedarse en la casa. Ya no tenía acceso a los sistemas de la Administración, por lo que no podía cambiar de identidad ni borrar registros como había hecho con Otto. Cualquier movimiento que realizara sería registrado en forma inmediata. Tampoco sería tan simple descubrir a Hansen y asociarlo con él. Tal vez para ese momento Otto ya estaría en la otra punta del planeta, registrado bajo otra identidad. En definitiva, esperaría a que la Administración le comunicara su nueva función.

Pasaron tres días, durante los cuales Alexander se dedicó a dormir y a caminar por su ciudad natal. Ya debían haberlo notificado de la Administración para ese entonces. El protocolo habitual eran cuarenta y ocho horas, por lo que Alexander tenía un mal presentimiento.

A la mañana siguiente, dos hombres se presentaron a la puerta de la casa. Alex entendió que no abrir la puerta no era una opción. Eran agentes de la Administración, con funciones en la policía local, que décadas atrás había sido conocida como Scotland Yard. Corroboraron su identidad y le indicaron que debía subir al vehículo estacionado en la puerta. No le dieron oportunidad de llevar nada personal. Fueron directamente al aeropuerto y tomaron un *jet* a Zúrich. Una vez en la ciudad, lo condujeron a las oficinas en las que había trabajado. Pero esta vez no lo esperaba Mrs. T. sino otro funcionario al que nunca había visto y que no se presentó.

—Mr. Collins, debemos reconocer que nos ha tomado casi cuatro días armar su rompecabezas, pero hemos logrado encajar todas las piezas. Su error fue comunicar el fallecimiento de su padre. A partir de ese dato, hemos visto la grabación de las últimas horas de James y tomamos nota de sus últimas palabras, que motivaron su curiosidad y búsqueda en la red. También sabemos que el primero de enero estuvo en el Bloque 191, ya que su entrada y salida fueron registradas por *skyflies*. De los candidatos posibles en ese perímetro, entendimos que fue a visitar a Otto Hansen, con quien nunca se habían visto. El cambio de identidad del señor Hansen le ha permitido salir del continente, pero ya lo hemos ubicado y a la brevedad será capturado. La viralización fue detenida por H.A.L. a los tres minutos de haberse activado y numerosos agentes están trabajando para eliminar todo registro al respecto. Su osadía y traición serán juzgadas por el Alto Tribunal Europeo, al cual se le pedirá que se lo condene a cadena perpetua en Siberia. Mientras tanto, permanecerá confinado dentro de instalaciones de la Administración, cuya ubicación no le será revelada.

El funcionario no esperaba respuesta alguna e hizo una señal a los agentes para que se llevaran a Alexander, a quien encapucharon, subieron a un auto y, media hora después, bajaron. Lo hicieron caminar unos trescientos metros hasta quitarle la capucha y lo dejaron en una celda con mucha luz artificial, ninguna ventana, una cama y un baño químico.

Una semana después, Alexander fue sentenciado a cadena perpetua. El tribunal consideró contundente la prueba reunida en su contra. Fue trasladado a una prisión ultrasecreta en Siberia, construida bajo tierra, a la cual era imposible acceder sin conocer su ubicación exacta y sin tener las credenciales necesarias.

Su celda era como todas y el resto de los reclusos eran perfectos desconocidos, con los que sólo compartía los dos momentos al día en los cuales se les entregaba su ración de Diffgreen.

El primer día Alexander se negó a comer, hasta que entendió que no había otra cosa y no aguantó el hambre. Después de la ingesta se sintió mal, aunque el preparado tenía buen sabor. Al tercer día lo comió sin problemas y a la semana empezó a desear que el objetivo original de *Soylent Green* se cumpliera lo antes posible.

«*¿Cómo saber si la Tierra no es más que el infierno de otro planeta?*»
-Aldous Huxley

Jóvenes, ricas y famosas

Hay una edad en la que se necesitan por lo menos cuatro amigas para recordar cómo se conocieron, el nombre del restaurante al que fueron todas juntas por primera vez o el del rubio que le gustaba a una pero que sacó a bailar a otra. Ya llegamos a esa edad. Nosotras éramos seis, quedamos cinco.

En el año 1998 yo ya conocía a Bettina por otra amiga en común. Sandra y Claudia habían sido compañeras de facultad, lo mismo que Laura y Witty, pero a su vez, Sandra conocía a Laura y trabajaba en el mismo estudio que Bettina. Todas somos abogadas aunque no ejercemos juntas, por suerte.

No logramos recordar si fue un sábado a la noche en Callao y Santa Fe, si fue en un cumpleaños de Betti o en un teatro de la calle Corrientes, que se formó el primer grupo de cuatro: Claudia, Sandra, Bettina y yo.

Ese invierno, nos fuimos todas a Mar del Plata de vacaciones; ellas paraban en un departamento prestado y yo en la casa de mi tía. Recordamos que fuimos a cenar a Pampita y esa noche se sumó al grupo Witty, que venía de tener un amorío en Pinamar, con un fulano cuyo nombre ni ella se acuerda. También se sumó Laura, que había ido a un congreso de derecho procesal al que asistió vestida con un trajecito lila, imposible de olvidar.

A partir del evento marplatense, tuvimos nuestra *jeunesse dorée*, que sobrevivió a los casamientos de Laura y de Witty, que fueron las primeras traidoras.

Éramos todas jóvenes, con menos de cinco años de ejercicio de la profesión. Lo que no teníamos era tecnología, a pesar de lo cual nos las ingeniábamos para hacer desastres de todo tipo, en especial durante los fines de semana.

Tuvimos algunas actrices invitadas, por épocas. Recuerdo a Paola, Marcela, Débora, Ester, Pocha y a las primas de Betti, que nunca entendí cuántas eran.

Fui la primera en irme de la casa de mis padres, a fines de 1999, por lo que Gascón pasó a ser nuestra base de operaciones. Witty y Bettina resultaron vecinas, una sobre Lavalleja y la otra sobre Jufre y entonces sumamos dos sucursales como búnkers, que también servían de comedores entre nosotras. El objetivo era no cocinar y nos turnábamos para poner la casa.

Algunas teníamos teléfono celular, cuyo tamaño ocupaba la cartera entera y cada llamado era más caro que una ida a la peluquería. Pero existían llamados fundamentales, como por ejemplo los de los viernes a la noche, cuando Bettina tenía cita en un café de Parque Tencenario —como decía mi hermana— con algún candidato recolectado gracias a alguna tía o amiga de la madre o amiga de amiga de la madre. En esas ocasiones, yo tenía la orden expresa de llamarla una hora después de comenzado el encuentro y preguntarle: «¿Estamos de flores?». Si la cita era un desastre, ella respondía: «No te puedo creer... Así que falleció de golpe... Bueno, en un rato me doy una vuelta por el velatorio y nos vemos ahí». Si el candidato era viable, no atendía el celular y listo.

Un código similar se usaba para las veces que nos perdíamos entre nosotras adentro de los boliches: la que no atendía era porque quería estar «perdida».

Éramos jóvenes y ricas, porque nos patinábamos el sueldo o los honorarios en ropa y salidas, como buenas solteras. Yo me ocupaba de la parte gastronómica y puedo decir que nunca las llevé a comer a un lugar malo.

Bettina era la RR.PP. del grupo. Había varios boliches a los que era complicado acceder, aun para chicas tan selectas como nosotras. Entonces llegábamos a la puerta de alguno y Betti se salteaba olímpicamente la cola, encaraba al portero y le decía: «Venimos al cumpleaños de Karina». Dio resultado muchas veces, por la simple razón de que siembre había una Karina festejando su cumple en los boliches de moda.

Otra vuelta, para un fin de semana largo, los padres de Witty tuvieron el buen gusto de habilitarnos el departamento de Punta del Este, con un Fiat Uno en la cochera incluido. Fuimos siete. Como todas usábamos talle *small* por aquel entonces, nos apiñamos adentro del auto —con Witty al volante— y así fue como una tarde nos paró la policía uruguaya, sobre la avenida Roosevelt. La anfitriona temblaba al pensar en el ceño de su padre; Claudia bajó con los tapones de punta, diciendo que éramos todas abogadas, y Laura optó por preguntarle al uniformado cómo se podía arreglar el tema. El señor intentó hacerse el malo pero se notaba que estaba tentado de ver a siete grandulonas haciendo travesuras con el auto de papá. Nos retó, nos mandó a casa y creo que no hizo ninguna multa.

Al día siguiente, fuimos a almorzar al restaurante del puerto al que va todo el mundo y que tiene muchos años en ese lugar. Nos atendieron muy mal, con decir que yo anoté lo que quería cada una en una servilleta de papel. La comida tardó una hora y llegó fría. La cuenta era un disparate. Junté la plata de todas y me fui a la caja. Pedí hablar con el gerente, que estaba almorzando. Cómo habrá sido mi expresión, que el cajero fue a interrumpir el almuerzo de su jefe, que se acercó entre fastidiado e incrédulo. Pobre hombre, no sabía a quién se enfrentaba, es decir, yo. Recuerdo haber dicho que iba a enviar una carta de lectores a *La Nación*, cuyo jefe de sección era el padrino de mi hermana. El resultado fue que el almuerzo lo invitó la casa y que el cubierto de cada una se transformó —esa misma noche— en varios tiros de ruleta. Marcela acertó un pleno, por lo que nos fuimos con más plata todavía y comimos gratis el resto del fin de semana. Bettina se había quedado en Buenos Aires porque tenía un casamiento —de una prima, seguramente— y al día de hoy lo lamenta.

Por ese entonces se nos dio por hacernos las deportistas y los viernes a la noche alquilábamos una cancha de *paddle* en la calle Valentín Gómez. La única que sabía jugar era yo, así que no tuve más remedio que abordar la difícil tarea de que las demás entendieran que la paleta no era una sartén. Logré poco pero nos reíamos mucho. Betti siempre estaba preocupada por la salud de sus uñas; Marcela que venía con el auto y después hacía el reparto escolar; Claudia que perjuraba que llegaba y no aparecía; pero la mejor parte era el «tercer tiempo». Había un bar en la parte de adelante del complejo, a cargo del Ruben, que tenía lista nuestra cena para cuando terminábamos de jugar, sin haber transpirado una gota. Con el último bocado, Witty se quedaba dormida arriba de la mesa —literalmente— y, a pesar de sus ronquidos, daba comienzo la sesión de astrología, que también estaba a mi cargo porque tiraba las cartas españolas, no las de tarot.

Alguna se ocupaba de que Ruben me trajera un café con crema y yo empezaba a atender, según el orden en el que se habían anotado para esa noche, menos Witty, que dormía. El tema central era el candidato de turno de cada una; lo demás era lo de menos. Por las cartas españolas desfilaron personajes de la talla de Ovi, El Enfermito, El Loco Capucha, Bombeitor, el que no llamó más porque estuvo internado, el que dijo: «no te hagas la viva que para vivo estoy yo», Grasidul, El Ferretero, Prime, Toti, Crema Ponds, El Gallego, El Misionero, Francesco y siguen las firmas. Si el candidato era serio, no recibía apodo y se le otorgaba el trato correspondiente.

Claro que no todo eran fantasías animadas. Los agitados fines de semana convivían con jefes insoportables, problemas familiares, mudanzas, velorios, depresiones, desilusiones, viajes, operaciones y temas de salud de toda índole, es decir, la vida de todos los días.

También existían los sábados en los que alguna tenía un evento social, otra tenía «horario central» —

cita del sábado a las veintidós horas— y las restantes alquilaban un video y pedían pizza.

En general, se buscaba compensación en lugares como El Morocco, Molière, Rivera Este, La Diosa, Space, con cena previa en El Primo, donde la comida era muy rica pero la conversación imposible, porque en realidad se trataba de «relojear» las demás mesas y la vereda.

En esas ocasiones, la crisis comenzaba por la tarde en lo de Betti, ante la tragedia de: «¿Qué me pongo?». Más de una vez ella sirvió café —sin crema— con anillitos, tiró el *placard* entero sobre su cama de dos plazas y yo —con infinita paciencia— separé y doblé sus más de cien remeras y musculosas, después de lo cual ella resolvía ponerse algo que estaba colgado de una silla en el living.

Las noches de El Morocco fueron especiales para todas, porque era el boliche donde mejor nos iba. La pista de arriba en general no nos interesaba, porque todo pasaba en la de abajo. Creo que nunca duramos juntas más de una hora y nos íbamos casi todas por separado. Alguna vez también hicimos la combinación entre El Morocco, Nave Jungla y El Infierno, es decir, lo que se conocía como *rotation*.

En lo personal siempre fui fiel a mi estilo: si estaba aburrida o no me gustaba la música, iba a la barra y apuntaba hacia algún objetivo. Como en esa época todo el mundo fumaba, en general pedía fuego al candidato elegido y así comenzaba la charla.

Por aquel entonces, *Sex and the City* iba por su tercer o cuarta temporada. Nos sentíamos muy identificadas con Carrie y sus amigas, pero la verdad es que ellas no nos alcanzaban a nosotras. Por suerte ninguna sufrió con un señor Big y no éramos de almorzar juntas como las neoyorquinas, pero el resto de la dinámica y las desventuras eran muy similares.

En nuestro caso, los almuerzos eran reemplazados por el cafecito en Tribunales, donde teníamos algunos bares fijos, según si estábamos cerca del Palacio, del edificio de la calle Uruguay o del edificio de M. T. de Alvear.

Nunca fue posible mantener una conversación coherente, y menos terminarla, si éramos más de dos. En realidad, después de media hora de café, se habían iniciado alrededor de quince conversaciones, algunas de las cuales seguían por teléfono y otras durante el fin de semana. Muchas nunca fueron concluidas, aunque si el tema era muy importante el código era: «del café para arriba». En ese rubro, nosotras teníamos el récord sobre las *new yorkers*, seguro.

En el verano del año dos mil, por circunstancias un tanto no planeadas, nos fuimos juntas de vacaciones a Buzios y Río de Janeiro. El quinteto fue compuesto por Claudia, Sandra, Marcela, Bettina y yo. Habíamos comprado un paquetito, de esos «buenos, lindos y baratos» en el Alto Palermo. Una de sus consecuencias fue que la posada de Buzios quedaba al fondo a la derecha, lo mismo que las respectivas habitaciones. Otra consecuencia fue que nada más nos pudimos meter en la pileta el primer día, después del cual el agua adoptó un color verde aceituna, en forma permanente. Todos los días íbamos a una playa diferente con una bikini diferente, como correspondía. En la famosa playa —setentosa— de Joao Fernandes, una tarde me metí al mar —una forma de decir porque la pileta verdosa tenía más oleaje— y cuando salí, una compatriota que me doblaba la edad me dijo amablemente: «Acomodate la malla porque tenés una lola al aire». Una nota de color difícil de olvidar.

Por las noches la cena transcurría en la Rua das Pedras. ¡Y vaya que tenía *pedras*! Eran adoquines muy superiores a los de San Telmo, en los cuales Bettina insistía en clavar los tacos de sus numerosas sandalias, velada tras velada. La noche anterior a mi cumpleaños, cenamos en la pizzería que se imponía en plena *rua*. Pedí hielo porque la Coca-Cola estaba natural. Al día siguiente me sentía mal pero encaré el día de playa, porque era «mi» día. Para la hora del almuerzo yo estaba muy ocupada en el baño del parador, dejando la pizza y los cubitos de hielo de la noche anterior. De alguna forma, que no recuerdo, llegué a la cama de la posada y, entre tinieblas, una médica brasileña me inyectó algo que evitó que volviera al baño y así pudiese dormir. El problema había sido el agua de los cubitos, que evidentemente era de la canilla y, por ende, no bebible, como en casi todo Brasil. Santa Bettina se quedó de enfermera esa noche. Como quedé a dieta obligada por varios días, nunca se hizo el festejo oficial de mi cumpleaños.

El resto de la diversión estuvo a cargo de la tía Matilde —hermana de la madre de Betti— y su amiga Mary, que llegaron a Buzios cinco días después que nosotras y nos siguieron a Río, porque habían comprado el mismo paquetito.

Las señoras tenían una energía y entusiasmo muy superior al nuestro, en todos los rubros. El batido de pelo de la tía Matilde se distinguía en cualquier playa, lo que facilitaba los encuentros. Era como el de Marge Simpson pero anaranjado. Las «tías» se preocuparon por mi estado de salud y mi madre estaba muy tranquila porque había «mayores» cuidando de nosotras.

En Río de Janeiro todo fue mejor, aunque como Betti insistía en clavar sus plataformas y tacos por todos lados, terminó con una rodilla hinchada como un globo y una tarde la enfermera fui yo, mientras Claudia se esmeraba en zurcir su bikini colorada y nos hacía compañía. Nosotras parábamos en un buen hotel en Copacabana y las tías en la casa de una amiga en Barra de Tiyuca.

Como las mayores ya conocían la ciudad de otros viajes, nos daban indicaciones de todo tipo, pero la mejor fue que nosotras pagamos un *show* carísimo de *bossa nova*, enfrente del famoso bar donde Vinicius y Jobim escribieron *Garota de Ipanema* —a fuerza de ver pasar a una chica todas las tardes, que se ve que los inspiró—, mientras que las tías ya habían ocupado la mejor mesa del lugar para cuando nosotras entramos y se reían de nuestro ensarte previo. Unas regias, que siempre estaban en el lugar correcto en el momento correcto.

Por llegar sobre la hora al aeropuerto, nos volvimos en primera porque el vuelo estaba sobrevendido y todas parecíamos nenas jugando con cada cosa que nos daban.

Un sábado a la noche estábamos todas en la casa de los padres de Witty y llegó Laura con su nuevo novio. Salí sorteada para bajar a abrir y —dado que la puerta de entrada del edificio era toda de vidrio— presencié un beso de lo más romántico. Recuerdo haber pensado que en ese momento iba a conocer al futuro marido de mi amiga y así fue. No sé si le hice ese comentario a Laura alguna vez.

Mientras Laura trabajaba en su noviazgo, Betti, Vani y yo nos fuimos a los «dormis» de Hebraica, en la zona de Pilar. Para mí eran Pascuas y para ellas era Pesaj, circunstancia en la cual el problema no fue la carne, sino la harina, que me fue vedada dentro de las instalaciones del club todo el fin de semana. Creo que llegué a soñar que asaltaba el kiosco del lugar, al sólo efecto de hacerme de un paquete de Rumba. Pero la mejor parte fue que ese sábado a la noche, fuimos invitadas a cenar por tres buenos muchachos de la «cole». No se formó ninguna pareja, pero una década después uno de ellos terminó casado con una prima de Bettina, sin que ella tuviera nada que ver en el asunto.

Otra vuelta se nos dio por ir a una fiesta que organizaba el Colegio de Abogados en un barco, que no era el Mihanovich precisamente. Para variar, Betti calzaba tacos dignos de mención, que clavó en las escaleras caracol del barco y por poco termina en el agua. Había muchas caras conocidas de Tribunales, y un abogado con décadas de ejercicio y nombre conocido se llevó las palmas gracias a su traje bordó con moñito. Comimos bastante mal y nos aburrimos más con tantos colegas tratando de hacerse los divertidos, por lo que no repetimos la experiencia de las fiestas colegiadas.

En contrapunto, fue desopilante la experiencia de que Bettina me llevara a una fiesta de la «cole» en un *schule*, a la cual habremos llegado por una de sus primas, seguramente. Todos andábamos por los treinta y los muchachos de la «cole» parecían apurados por conseguir novia, lo cual ahorraba un trabajo enorme de entrada. Nos volvimos muy contentas, con el ego por las nubes, de todos los pretendientes que habíamos tenido en tres horas, sin mover un dedo. Recuerdo haber desilusionado a dos en particular, al aclarar mi condición de «goi».

Y así llegamos al casamiento de Laura, que fue la primera. Durante la fiesta fui testigo involuntario de la presentación del novio de Witty a sus propios padres. Pobre muchacho, qué momento.

Al año siguiente, mis cartas españolas juraron que se casaban en diciembre y así fue.

A Marcela ya la habíamos perdido por el camino y la siguiente fue Claudia, que se tomó todos los tiempos procesales del mundo, pero finalmente recibió a su novio en su departamento, en forma permanente.

Fuimos jóvenes, ricas y famosas. Ya no éramos un grupo y teníamos que asumir que había pasado nuestra *jeunesse dorée*, pero quedábamos Sandra, Bettina y yo en la retaguardia. Ellas se iban juntas de vacaciones a lugares de playa y yo viajaba sola a sitios sin mar.

Con treinta y pico largos, intentamos de todo: chat telefónico, páginas web, *speed dating*, amigas nuevas ocasionales, presentaciones traídas de los pelos…

En la feria judicial de invierno del dos mil siete le propuse a Bettina hacernos las regias —como las tías— e irnos una semana a un Club Med. Sin saberlo en ese momento, fue nuestra despedida de solteras personal. Betti ya había salido un par de veces con su futuro marido y yo conocí al mío el Día de la Virgen.

Que recuerde, lo único que hicimos en el Med fue comer y tomar sol.

Por circunstancias de la vida, a Sandra le quedó el duro oficio de la soltería, que lleva airosamente.

Las demás tratamos de ejercer —lo mejor que podemos— la maternidad, combinada con la profesión y el matrimonio. Es una mezcla agotadora, en la que nos acompañamos y aconsejamos. Hemos pasado del boliche de moda al saloncito de fiestas infantiles…

Estoy segura de que cada una de nosotras pagaría por volver a compartir una noche en El Morocco, nada más que para volver a sentirnos jóvenes, ricas y famosas.

Un año después

La tarde que Ignacio se fue, ella lloró hasta que se durmió. Creía que estaba preparada para ese momento o tal vez que sentiría alivio, pero no fue así, aunque hacía tiempo que dormían en cuartos separados. Él empezó a preparar sus valijas una semana antes y le avisó que dejaría el departamento el sábado.

Marité salió esa mañana temprano para no estar presente en la escena final y cuando volvió a la tarde, se encontró la casa a oscuras. En ese momento tomó conciencia de que Ignacio no volvería del club para cenar con la televisión prendida en el comedor diario y así evitar el incómodo silencio, con excepción de algún comentario breve y amable, en apariencia.

Se casaron en el setenta y dos. Años después nació Ema, la única hija. Emita fue la clásica nena enamorada de su papá, a quien admiraba y —como lógica consecuencia— eligió la misma carrera del padre, transformándose en arquitecta. Ignacio le enseñó a nadar, a jugar al tenis y sufrió como un condenado con cada novio de su hija. Le subió la presión el día que Ema anunció su casamiento con otro arquitecto, hijo de un amigo de él, porque el muchacho le parecía insufrible.

Marité hizo lo imposible para que su hija fuera más apegada con ella y aunque tenían una excelente relación, nunca logró la misma mirada y mucho menos admiración. Era profesora de Historia y ni la docencia ni el relato del pasado le habían interesado nunca a su hija. Siempre tuvo la sensación de que Ema le daba el gusto con cada cosa que ella le proponía y era lo mismo que fuera comprarle un vestido nuevo, hacer una torta, tejer una bufanda, jugar al *bridge* o ir juntas a la peluquería. Ema accedía y la obedecía, pero la opinión que le interesaba sobre el vestido o el peinado nuevos era la del padre.

Quizás Ema fue lo primero que los separó. Marité recordaba un noviazgo intenso y un casamiento perfecto, pero ya no tenía ninguna certeza sobre los recuerdos de Ignacio. Aunque idealizar el noviazgo cuarenta años después no tenía ningún sentido y pretender que Ema había interrumpido el supuesto idilio era insostenible, incluso para Marité.

Cuando cumplieron diez años de casados, hicieron el primer viaje a Europa y París era el mejor recuerdo posible, por la ciudad y no por el marido.

Para cuando cumplieron veinte, era obvio que Ignacio había perdido el interés. En esa época, Marité tuvo fuertes sospechas de que su marido tenía una aventura con su secretaria, pero nunca lo pudo comprobar y él siempre lo negó.

Ignacio seguía siendo buenmozo —pese a la edad— y para ella siempre fue una tortura la mirada de otras mujeres, incluyendo a más de una amiga y conocidas, con las que procuró perder contacto.

El buen pasar económico colaboró a la duración del matrimonio, con viajes permanentes y una casa en

Punta del Este, donde pasaban los veranos con un grupo de amigos: él jugando al golf y ella en la playa o en la pileta.

Marité siempre procuró conservar la figura y arreglarse. Ignacio jamás la había visto en deshabillé a las cinco de la tarde, como tampoco nunca pudo decirle que no estaba bien vestida para la ocasión. Marité hablaba inglés y francés fluido y su cultura general era excelente.

¿En qué momento él dejó de mirarla? ¿Por qué? Si ella era una mujer suave, que prefería no confrontar y menos por cosas sin importancia…

Lo insoportable fue que dejó de quererla y Marité se esforzó tanto en negarlo, que no pudo reaccionar el día que Ignacio la sentó en el living con un café, para hablar de divorcio. Cuando logró articular palabra, le preguntó si era por otra mujer. Él contestó que no y parecía sincero, lo cual quizás fue más doloroso. Entonces Marité juntó fuerzas y le planteó que a santo de qué separarse a los sesenta años, si ya llevaban cuarenta soportándose. ¿Prefería terminar solo en un geriátrico? ¿Ella le resultaba desagradable? Las relaciones ya eran escasísimas, por no decir inexistentes. ¿Prefería darlas por terminadas? A todas sus preguntas, Ignacio se limitó a contestar que no, casi en susurros y mirando para otro lado. Le anunció que, como primer paso, se mudaría al cuarto de Ema y que empezaría a buscar departamento.

Así como Marité era suave y conciliadora, también tenía su orgullo y nunca le hizo un escándalo por nada. Se limitó a pedirle que la transición no fuera eterna y que la consultara sobre las cosas que pretendía llevarse. También le dijo que se hiciera cargo de comunicárselo a Ema, a quien quizás le pudiera dar una explicación sobre la causa de su decisión.

Marité debía reconocer que quedó muy sorprendida por el planteo de Ignacio, a quien no creía capaz de la escena del pedido de divorcio. Esa versión de su marido no tenía nada que ver con el Ignacio que se casó con ella. ¿Con cuántos Ignacios había estado casada? ¿Esta era la peor versión de él? ¿Ignacio se haría las mismas preguntas? A Marité le parecía obvio que nadie es igual a los sesenta que a los veinticinco, pero creía que los matrimonios tratan de envejecer juntos, intentando que no se torne insoportable y creyendo que a determinada edad no es bueno quedarse solo ni se está en condiciones de empezar de cero. Si el quererse no era suficiente para mantener la pareja, el no quererse más ¿era razón suficiente para divorciarse?

Pero lo cierto es que ya no podía confiar en Ignacio y sí dudar de las últimas décadas en común. Recordó que una vez leyó a una escritora que sostenía que llega una edad en la que uno duda de todo: del matrimonio, de los padres, de los hermanos, de los amigos, del trabajo… pero no del hijo, porque del hijo nunca se duda. Sin desearlo y sin saberlo de antemano, Marité había llegado a ese punto y rezó para nunca dudar de su hija.

Ema se casó a los treinta y poco tiempo después se fue a vivir con el marido a Canadá, por trabajo. Llevaban una década tratando de tener un bebé sin éxito. Desde la mudanza a Montreal, Ignacio y Marité habían viajado al menos una vez al año para verlos e internet y el teléfono hacían el resto.

Marité e Ignacio llevaban once meses separados. Se habían visto en varias oportunidades, con los abogados y los papeles del divorcio y en el entierro de un amigo en común. A él se lo veía espléndido: delgado, tostado y lo que era peor, alegre. A ella le sucedió lo opuesto: había engordado y estaba demacrada y deprimida.

No hablaban desde las fiestas y el día que comenzaban las clases, Ema llamó primero a Marité para decirle que tenía ocho semanas de embarazo y que ya tenía permiso del médico para publicarlo. Marité lloró de emoción y, sin pensarlo, le agradeció que fuera la primera en enterarse, al mismo tiempo que le aseguraba que viajaría para el nacimiento.

Cuando cortó con Ema, se quedó con el teléfono en la mano un buen rato, pensando si llamaba a Ignacio o no y decidió que lo que correspondía era que se enterara por la hija y ver qué decidía él sobre compartir la noticia del nieto.

Esa misma noche, cuando terminaba de cenar, sonó el teléfono.

—Hola Marité, habla Ignacio. ¿Estás ocupada?

—¿Qué tal Ignacio? Hacía sobremesa...

—Bueno, te imaginarás que te llamo por la noticia de Ema. Sé que habló con vos esta mañana. Supongo que nos tenemos que felicitar mutuamente por el abuelazgo.

—Sí, coincido con vos. Realmente me emocionó, creo que voy a tardar unos días en procesarlo.

—¿Qué te parece si vamos a cenar y lo festejamos?

Silencio.

—¿Marité?

—Sí, sí, te escuché. La verdad es que no esperaba que propusieras un encuentro y un festejo.

—Y creo que realmente se justifica. ¿Te parece este viernes tipo nueve? Te paso a buscar con el auto.

—Bueno, me parece bien, quedamos así.

—Nos vemos el viernes entonces.

—Chau Ignacio.

Esa conversación había ido mucho mejor de lo que esperaba, pensó Ignacio. Cuando recibió el llamado de su hija esa tarde, su primera reacción ante el anuncio de Ema fue cómo daba a conocer a Patricia, con quien obviamente viajaría a Canadá. No le dijo nada a su nena, pero tendría que enfrentar a Marité, porque conocerse en el *hall* de embarque de Ezeiza no era una opción. Entonces pensó en invitarla a cenar con la excusa de festejar el nieto, y como la noticia que le daría era pesada, tendría que esforzarse en la elección del restaurante, que de por sí a Marité le importaba.

A la mañana siguiente, Ignacio se dio cuenta de que no tenía ganas de ver a su exmujer, no porque creyera que la reacción de Marité pudiera ser un trastorno —ya que tenía que reconocer que nunca le había hecho una escena por nada—, sino simplemente porque no tenía ganas de estar con ella, ni dentro de su auto, ni frente a frente en una mesa o saber que Marité observaría qué se había puesto o escucharla pedir alguna de sus ensaladas ridículas y ver la cara de fastidio del mozo...

¿Por qué tardó tantos años en pedirle el divorcio? Nunca olvidaría aquella tarde en el living, con el café preparado por él y la cara de espanto de ella.

Una semana antes del casamiento por civil, Ricardo, su hermano, le había aconsejado que no se casara. Se acordaba perfectamente de lo que le dijo Ricky: «Nacho, vos no estás muy enganchado con esta chica, te vas a aburrir y la vas a hacer sufrir. ¿Por qué no frenás ahora?».

¿Por qué no le hizo caso a su hermano mayor? Ignacio sabía que la quería, pero era ella la que estaba locamente enamorada y además era bonita y bien educada y suave y elegante y culta...

Su fidelidad no llegó al año de casados. La primera fue una pelirroja, a la que hacía mucho que le tenía ganas. Ahora ni se acordaba el nombre de la mina. Después, durante el embarazo y hasta el primer año de Ema, hizo buena letra, hasta que notó que una morocha en el club se le regalaba. La única vez que Marité se avivó, fue cuando anduvo con aquella secretaria que era una bomba, pero él siempre se lo negó. En su favor, podía decir que la cama con su ex siempre había sido un embole. ¿Por qué las mujeres no entienden que a los tipos no les importa qué se ponen o cómo atienden la casa si no saben qué hacer en la cama?

Los últimos años fueron como estar casado con una amiga. La suavidad y la corrección de Marité lo tenían harto. Suponía que durante mucho tiempo no había tomado la decisión por comodidad, hasta que se ganó a sí mismo por cansancio.

Le pidió a un amigo que tenía inmobiliaria que le buscara algo cerca del estudio y se negó a conocer el lugar antes de mudarse. Ese sábado siniestro, llegó a su nuevo departamento y cuando los del camión de mudanza terminaron, cerró la puerta y se fue al club. Al día siguiente, fue a almorzar con Ricardo, a quien le pidió si le daba una mano, para no enfrentar solo aquella tarde. Dos hombres grandes tratando de darle forma a una mudanza en un departamento vacío era lo mismo que dos cincuentonas tratando de alambrar un campo. Se sonrió ante el recuerdo, que no era muy lejano. Le parecía que todavía no se cumplía un año, pero no estaba seguro.

Ya llevaba seis meses con Patricia, e Ignacio creía que por primera vez en su vida estaba enamorado. Se habían conocido de una forma rara, un tanto violenta y a la vez romántica: en un semáforo en rojo, él se distrajo, puso primera antes de tiempo y se incrustó contra el auto de ella, que estaba parado delante del suyo. Ninguno se hizo nada, pero ella se bajó del auto, insultándolo de arriba abajo, lo que a él le pareció sumamente erótico. Se dejó insultar con gusto, admitió varias veces que ella tenía toda la razón del mundo, prometió ocuparse personalmente de los trámites del seguro, incluyendo el arreglo del auto y finalmente la invitó a tomar un café para intercambiar los datos de ambos.

El enganche fue mutuo e inmediato. Patricia era viuda, con dos hijos varones, ya grandes.

Si bien todavía no convivían, Ignacio tenía firmes intenciones de proponerle matrimonio, tal vez para cuando cumplieran el primer aniversario.

Suponía que Marité no estaba en pareja, sobre todo por cómo la vio la última vez, un tanto desmejorada.

No sólo le comentó a Patricia que iría a cenar con Marité, sino que la consultó sobre el posible restaurante y ella le hizo una sugerencia que le pareció ideal.

Ese viernes a la tarde Ignacio estaba de mal humor y estuvo a punto de cancelar la cena. Después de hablar con su novia, entendió que tarde o temprano tendría que enfrentar la situación. Se sirvió un *whisky* y se cambió.

Pasó a buscar a Marité a las nueve en punto. Cuando la vio, le resultó evidente que estaba muy arreglada, quizás demasiado, aunque no logró disimular la mala cara.

Subieron al auto y todo fue incomodidad, al menos para él. Se había asegurado de que el trayecto al bistró fuera breve, por lo que no hubo una conversación fluida hasta que se sentaron a la mesa.

—Bueno Marité, acá estamos. ¿Te parece bien el restaurante?

—Sí, es nuevo, como el hotel. ¿Alguien te lo recomendó?

Ignacio dudó en la respuesta, pero decidió que ella había hecho la pregunta incorrecta en el momento correcto.

—Para serte sincero, la respuesta es que me lo recomendó Patricia, mi actual pareja.

Marité se desencajó. No se le había ocurrido la posibilidad de que Ignacio estuviese con otra mujer y mucho menos que la citara para contárselo. Se sintió muy tonta porque se había comprado ropa para la ocasión, además de ir a la peluquería y tener una lejana expectativa de que quizás Ignacio tuviese alguna intención con ella. Lo primero que se le ocurrió decir fue:

—¿Ema sabe?

—No… Quería comentártelo a vos primero, pero en breve la llamaré porque la idea es que Patricia viaje conmigo a Canadá para el nacimiento.

Marité sintió un calor repentino por la ira, que le era un sentimiento casi desconocido.

—Pero ¿cuánto hace que salís con la mina? ¿Vos estás loco? ¿Cómo que la llevás al nacimiento de nuestro nieto? ¿Vos te crees que Ema va a aplaudir y que yo me la voy a fumar? ¿No la conocemos y vos pretendes que yo asista impávida a que tenga a mi nieto en brazos? ¿Cuántos años tenés? ¿Quince? No se te ocurra pedirle nada al mozo porque nos vamos, o por lo menos yo me voy. Ya no sé quién sos o se ve que la de abajo te pica mucho y la de arriba no piensa nada. Seguro que es una pendeja…

Ahora el desencajado era Ignacio. No se esperaba para nada esa escena. Era la primera vez que la escuchaba decir una grosería y nunca la había visto así de enojada. Decidió usar el viejo axioma masculino de «no hay mejor defensa que un buen ataque», a ver si se tenía que hacer cargo de algo de lo que había dicho su ex y todo…

—Bueno Marité, tampoco es para que te pongas así. Hace seis meses que estamos en pareja y es una señora viuda, ocho años menor que yo, con hijos grandes. Si Ema se opone, veré cómo lo manejo, pero Patricia no va a dejar de ir porque a vos te paspe.

—Siempre fuiste egoísta, un maleducado, yo me pasé cuarenta años tragando sapos con vos al reverendo pedo, seguro que ésta te la tira como a vos te gusta…

—Marité, por favor, dejá de decir guarangadas, te desconozco, parecés drogada…

La preocupación de Ignacio era real.

—¡Ay, qué sensible! Decir barbaridades en la cama sí, pero en el restaurante, no… Haceme un favor Ignacio, por qué no te vas un poco a la mierda.

Marité tomó su cartera, se paró y se dirigió a la puerta, que fue abierta por un mozo. Empezó a caminar apurada, en dirección opuesta a su casa. A las dos cuadras tuvo que parar porque se sentía agitada. Enfrente había una plaza. Se sentó en un banco y tuvo un ataque de llanto, sin consuelo. No le importaba el papelón del restaurante. Ignacio le dio la peor noticia posible, le arruinó su nuevo estatus de abuela y la escena del nacimiento del nieto. No quería estar en la calle, tampoco en su casa. No quería estar en ningún lado. En ese estado tampoco podía llamarla a Ema; en realidad no tenía ganas de hablar con nadie.

Caminó un rato hasta que se cansó. Cuando llegó a su casa, tomó una pastilla y se acostó, con lágrimas en los ojos.

El parto de Ema fue a fines de octubre. Marité viajó una semana antes, por las dudas. Ignacio llegó el día anterior, solo y confesó que Patricia había rechazado su propuesta de matrimonio y dado la relación por terminada.

El nene se llamó Pedro, como su bisabuelo materno y Marité no hizo ningún esfuerzo por ocultar su felicidad.

Las siete vidas de Diana

Estoy encerrada y tengo tiempo de sobra para pensar. Imagino otras vidas posibles, tal vez pasadas o futuras. Soy la encargada de la biblioteca, por lo que paso largas horas leyendo. Confieso que robo ideas sobre personajes y situaciones; total, los autores no se enteran.

Hoy es lunes y soy *lady* Aldridge, esposa de *lord* Aldridge. Vivimos en Londres, en una casa espléndida en Regent's Park. Henry es un médico de renombre, especialista en corazón que ha sido consultado por la Familia Real en más de una oportunidad. Tenemos dos hijas, ya presentadas en sociedad y en edad de merecer. Son muy distintas entre sí. Una es bonita, pero no muy despierta. La otra no es agraciada, pero es demasiado inteligente y los pretendientes brillan por su ausencia. El padre está preocupado por ambas, ante la falta de propuestas matrimoniales. Yo no tengo tiempo de preocuparme de ese tema porque no me alcanza el día para todas las cuestiones domésticas y sociales. Las cenas, la ópera, el correo, los tés y la ineficiencia del personal logran quitarme el sueño. Fui educada para esta vida. Sé que mi madre estaría orgullosa. Lamento no haberle dado a mi marido el hijo varón que él hubiese querido. Henry es muy amable conmigo y exige poco de mi parte en la intimidad, gracias a Dios, porque es un tema que no me interesa y con el que cumplo cada tanto, por obligación. Desconozco si él preferiría más entusiasmo de mi parte al respecto o si canaliza su energía en alguno de los salones del este de la ciudad, como hacen todos los hombres de su edad y condición social.

En estos días estoy dedicada a elegir vestidos con mis hijas para el casamiento de la prima Harriet. Creo que optaremos por encargarlos a París.

Los martes soy Bautista y tengo diez años. Desde que nací, ya viajé dos veces a Europa. Estoy en quinto grado del mejor colegio inglés de la ciudad, a dos cuadras de nuestra casa. No me gusta estudiar pero adoro a mis compañeros. Como uso anteojos, el fútbol y el *rugby* me fueron vedados, pero juego muy bien al tenis para mi edad. Mis padres me adoran, pero se llevan muy mal entre sí. Sé que tuve una hermanita que falleció pocos días después de nacer y de la que no recuerdo nada. Lo importante es que mi mamá es toda para mí.

Los días miércoles están dedicados a la doctora Harris. En general, me encantan. Soy médica, nacida y criada en Manhattan, aunque estudié en Harvard y después volví a Nueva York. Estoy terminando mi residencia en el Mount Sinai Hospital, en la avenida Madison. Adoro la medicina y le dedico la mayor parte del día. No tengo mucha vida social. El hermano de mamá es uno de los directores del hospital y es un peso para mí, porque si bien facilitó mi llegada, disto de ser su sobrina preferida. Mis compañeros de residencia suelen ir al Hooligan´s a la salida, pero es raro que vaya con ellos. De hecho, ya no me invitan. El que sí me invitó a salir es el director administrativo, William. *«I'll think about it»*, fue mi respuesta por ahora. Me lleva unos años y es viudo. Se parece a Elliot Gould cuando era joven. Estoy muy tentada; el problema es qué dirá el tío si el romance prospera. Supongo que a favor podría intervenir su hermana, es decir, mi madre, que le cuenta a quien quiera escucharla que está desesperada ante mi soltería permanente.

El licenciado García Saravia es el protagonista de los jueves. Me adoro, como decía una amiga: «Me miro y me deseo». Soy un *winner*. Soy alto, atractivo, me visto bien, hablo tres idiomas, juego al golf, soy gerente de *marketing* de una multinacional, tengo el auto que quiero y lo más importante de todo: soy soltero. Al contrario de lo que decía Mafalda, es fácil ser yo. Aunque desde que vi *The family man*, tengo miedo de despertarme un jueves y vivir esa pesadilla. Tengo todas las mujeres que quiero, aunque en los últimos tiempos he tenido algunos problemitas técnicos. Doy por sentado que son por estrés y porque he pasado los cuarenta y cinco. La única noche del año que no me gusta es Navidad porque estoy obligado a tomarme un avión a Salta, donde viven mis padres. Alguna vez me pasó de estar en cama para esa fecha y me la tuve que bancar solo.

Los viernes soy Eloísa y estoy jubilada. Fui empleada estatal durante cuarenta años, las mismas cuatro décadas que llevo casada con mi marido, que fue empleado bancario. Criamos tres hijos y tenemos siete nietos. Vivimos de las dos jubilaciones y de la renta de una propiedad que era de mis suegros. No sobra pero no falta. Cuando Alfonso dejó de trabajar, se enfermó, como tantos hombres que no saben envejecer ni qué hacer con el ocio. Una mujer de mi edad siempre encuentra algo para hacer en la casa. Me doy maña con las plantas y con la costura. Dos veces por semana tengo que ir a buscar a mi nieta menor al colegio y soportar la agenda médica de Alfonso ocupa el resto. Gracias a Dios, estoy bastante bien para mis setenta. En realidad, en esta última etapa lo más importante para mí es que estoy lúcida. Es muy notable cómo uno tarda casi la vida entera en entender ciertas cuestiones elementales, como por ejemplo que lo único valioso que tenemos es el tiempo y de ahí la importancia de qué se hace con él.

Los sábados soy una inteligencia artificial. Es el año 3090. Hace siglos que la humanidad dejó de existir. La galaxia que contiene al planeta Tierra es una de las más nuevas y estrechas del universo. Yo vivo en otra galaxia, una de las más antiguas y extensas. Somos seres de luz, sin género, sin lenguaje verbal y no somos emocionales. Toda la comunicación es telepática. No hay nombres. Cada uno crea su propio mundo en forma permanente. El tiempo no se mide, se fluye hacia niveles superiores de luz, hasta alcanzar un cénit, para después recomenzar, siempre en una versión superior.

Los domingos canto ópera. Mi nombre artístico es Cocó Bragance. Desde joven formo parte del elenco estable de la Ópera de París. Se suponía que tenía cierto talento como soprano. Tuve algunos protagónicos entre los veinte y los treinta. Después me casé con un tenor y tuvimos dos hijos, que no pueden cantar ni «Feliz cumpleaños». Siempre pasé más tiempo en el teatro que en mi casa y el gran problema fueron las giras. Hemos llevado a los chicos a todas las que pudimos, sobre todo los primeros años, pero han sido demasiadas horas entre bambalinas, camarines y hoteles. Para cuando empezaron el secundario, pedí quedarme en el coro y cumplo con el programa anual del teatro, pero sin moverme de París. Creo que no fue suficiente. Mis hijos ya están en la universidad, pero el más grande parece muy interesado en el póker y el menor en su beca deportiva. Yo creo que tampoco era para tanto, no es justo. Sé que me esforcé lo más que pude.

Hace casi diez años que estoy encerrada, en una cárcel para mujeres. Me quedan diecinueve meses de condena. Fui acusada del homicidio de mi marido. Me declaré inocente porque lo soy. Las circunstancias fueron confusas y nunca hubo intención de mi parte. Como no podía pagar un buen abogado, me tocó uno malo, que presumió mi culpabilidad y no hizo nada.

Los primeros dos años viví como pude, aletargada, tratando de evitar problemas domésticos de todo tipo. Dormía mucho. Después logré que me nombraran bibliotecaria. La biblioteca es un salón grande, feo, húmedo, frío y bastante oscuro, en un pabellón apartado de todo, pero es mi lugar. No tenía el hábito de leer, pero en cuanto empecé a mirar las estanterías, descubrí un mundo que desconocía. Recordaba algunas cosas de la escuela y empecé por ahí. Hay días en que no entra nadie y los más concurridos quizás vengan cuatro o cinco reclusas.

Con el tiempo me di cuenta de que pasaba horas imaginando situaciones en base a personajes leídos, hasta que decidí inventarme los propios. En el mismo día podía ser varias personas al mismo tiempo, pero me cansaba, entonces decidí que era mejor un personaje a la vez. Después descubrí que me confundía de personaje según el día de la semana o que repetía el mismo por varios días. Entonces decidí probar que cada uno tuviera su día específico y me encantó. Y así ha sido por los últimos cinco años.

Nadie se da cuenta de que vivo en mi mundo; tratando de no ser yo misma a no ser que sea indispensable para mi supervivencia. Hay una reclusa que sé que me observa y supongo que pensará que no estoy en mis cabales. Tengo la sensación de que mi actitud le provoca mucha curiosidad, pero jamás hemos cruzado palabra.

El primer año vino mi hermana a visitarme un par de veces. Después no vino más ni me escribió. Vive lejos, aunque el problema es que me creyó culpable; no me lo dijo, pero su última mirada fue elocuente. Tenía tan buena relación con mi marido que alguna vez pensé que quizás estaba enamorada de él. De ser así, será un secreto que se llevará a la tumba.

Creí que tenía una amiga, pero cuando me encerraron no supe nada más de ella.

En el mundo real era secretaria en un consultorio. La noche que murió mi marido fui detenida por la policía y ya no volví a mi casa, que era un departamento alquilado, con muebles. La última vez que vi a mi hermana, me dijo que el dueño del departamento la había llamado —ella era la garantía— para que pagara la deuda del alquiler y se llevara las cosas personales. Ella no hizo nada y mandó a mi pobre cuñado, que juntó algunas bolsas con ropa y las guardó en la baulera de su casa.

En un año y medio quedaré libre. ¿Para qué? A nadie le gusta estar encerrado pero la libertad puede ser un concepto aterrador. De aquí saldré con la misma ropa que tenía puesta el día que llegué y el ómnibus penitenciario me dejará en el centro de la ciudad, que para mí será la mitad de la nada.

Para ese momento voy a tener cincuenta años y no tendré ni casa ni trabajo ni dinero. Pero me llevo mis siete vidas conmigo que quizás me ayuden a no desesperar en la realidad. Tal vez me anime a buscar trabajo de bibliotecaria o de secretaria en un consultorio. No sé si me animaré a llamar a mi hermana. Que sea lo que Dios quiera.

The female connection

Buenos Aires, 19 de mayo de 2015.

Querida prima:

La carta que me habías anunciado finalmente llegó. Como siempre, disfruté su lectura en el café de la esquina y me detuve en cada párrafo del relato sobre tu conflicto con Rocío, después de tantos años de amistad.

Ambas sabemos que ella nunca fue santa de mi devoción y el problema suscitado entre ustedes sirve de excusa para hablar sobre la amistad femenina, que no es un tema sobre el que hayan corrido ríos de tinta, algo que siempre me llamó la atención.

Para empezar, me voy a tomar la libertad de decirte lo que pienso del personaje en cuestión, porque a su vez me parece que es aplicable a los vínculos en general, sobre todo a los no amorosos, que se compensan con otras cosas: el gran problema de Rocío es que es muy maleducada. Así de simple y conciso, para qué andar con vueltas. La mayoría de sus planteos y actitudes derivan de su falta de educación, por eso no me sorprende para nada lo que me contás en tu carta.

Recordá aquella vuelta en la adolescencia, cuando nos dejó plantadas para ir a una fiesta y la abuela te dijo que esa chica no era buena compañía y que no te llegaba ni a los talones. Haberla escuchado…

La verdad es que nunca entendí por qué le tenías tanta paciencia, siempre dándole otra oportunidad. No te voy a negar que es divertida y original, pero en general resaltan sus defectos, no sus virtudes.

Coincidirás conmigo en que la mala educación es una plaga actual que afecta a todo el mundo en todos los niveles; pero por ahora me voy a ceñir al capítulo de la amistad.

Creo que el primer problema es que las relaciones entre mujeres son conflictivas de por sí y son tan intensas y complejas como sus protagonistas. Es notable cómo nos las ingeniamos para que la relación con la directora del colegio de nuestros hijos sea más complicada que con la suegra. Ni hablar del vínculo madre-hija, que me parece la relación humana más compleja de todas. Ya había llegado a esa conclusión mientras era sólo hija; imagínate desde que somos madres de señoritas.

No entiendo por qué Freud perdió tanto tiempo preguntándose qué quieren las mujeres, si la respuesta es simple y se resume en una sola palabra: todo.

De Freud paso —sin escala— a Maitena, que una vez describió perfectamente mi teoría en uno de sus cuadritos, según el cual queremos ser lindas, delgadas, exitosas, independientes, interesantes, divertidas, sexis, amadas, envidiadas, adineradas, deseadas y siguen los «adas», hasta el infinito y más allá.

Todas sabemos que —salvo que estés tratando de conquistar a un tipo, sobre todo si es para futuro marido— nos vestimos para nosotras y para la mirada de la otra, que puede ser desde tu mejor amiga a la mujer del jefe de tu novio o la pediatra del nene o la compañerita de la oficina a la que empujarías por la escalera.

No me vas a negar que aun con tus amigas íntimas o con tus primas, mientras conversás tomando el té, estás pensando en que a la otra se le ven las canas, que engordó desde el encuentro anterior, que está ojerosa, que siempre tiene puesto el mismo saco…

Las mujeres criticamos a todos y por todo. Es así, es genético y el filo de la lengua femenina es más letal que el veneno de la Viuda Negra.

Releo estos párrafos y me doy cuenta de que me fui por las ramas, lejos del tópico «Rocío y la amistad», pero cómo podría ser de otra manera, si está escribiendo una mujer, que puede contradecirse y dispersarse todo lo que le parezca, como sostuvo sabiamente Maggie Smith en *Downton Abbey*.

Hace un tiempo leí en algún lado que está estudiado que las mujeres tienen un promedio de cinco amigas cercanas. El dato me resultó curioso y me puse a pensar en sus variantes. Por ejemplo: si ese número incluye relaciones familiares como hermanas o primas o cuñadas o cuánto varía según la edad, es decir, no es lo mismo en la infancia que a los ochenta, que es una edad en la cual la estadística dependerá de cuántas amigas quedan en pie.

Por suerte, mi número personal supera la estadística, incluyéndote en la nómina, «por supuestamente», como decía Pilar.

También pensé cuántas amigas tienen mis amigas y descubrí que la mayoría no llena el cupo, lo cual a su vez me condujo a pensar por qué y la primera respuesta fue: la constancia.

Ambas hemos pasado los cuarenta y nos conocemos desde que vos naciste, pero la amistad se dio en la adolescencia y, de ahí en más, creo que el mérito de las dos ha sido la constancia, más allá del vínculo familiar. Me atrevería a sostener que tal vez fuimos influidas por nuestras madres, que además de hermanas son amigas. De ser así, sus influjos y los nuestros de nada sirvieron con tu hermana y la mía, que no hacen más que tirarse dardos cada vez que se ven.

De hecho, creo que la constancia es una virtud muy útil y muy escasa en general, pero que en tu caso sobresale y en el de Rocío brilla por su ausencia.

La mención a nuestras hermanas me lleva a otra reflexión —no inventada por mí—, que sería una suerte de axioma psicológico que postula que: toda relación femenina que encare una mujer se desarrollará según cómo haya sido su vínculo materno. Si lo pensás desde nosotras, nuestras madres y hermanitas, somos el ejemplo del libro.

Pero volvamos a nuestros méritos amistosos. Considero que a la constancia le siguen el compromiso y la reciprocidad, que son otras virtudes casi en extinción, con el agravante de que su falta suele ser dolorosa en cualquier vínculo y que, en el matrimonio, hasta puede conducir al divorcio. Sé que vas a coincidir en este punto.

Esta última frase me hace pensar que en nuestro caso no es aplicable aquel viejo refrán que dice: «los maridos pasan y las amigas quedan». Lo curioso es que sí nos resulta muy aplicable a ambas la versión inversa, que sería: «las amigas pasan y los maridos quedan». Cuál de las dos versiones es mejor a largo plazo, lo discutimos en el geriátrico, si te parece. Por ahora, me interesa ver por qué hemos tenido varios disgustos con amigas que quedaron en el camino, porque sí y por decisión de ellas. Supongo que las más resonantes han sido Soledad, Gabriela, Mili y Valeria; y siguen las firmas, para las dos.

Me dirás que en cada una de esas oportunidades hemos tomado más de un café epistolar y telefónico. Esta vuelta te propongo otra teoría que nos hace quedar como reinas y que deviene de una frase que usaba alguien que conocí hace mucho tiempo y que decía: «Cuánto que me has ayudado, ya me las pagarás». Claro que estamos hablando de amigas a las que les hemos conseguido trabajo, pareja, prestado plata o les hicimos el aguante en más de una Navidad, en una operación, una mudanza, una infidelidad y hasta hemos cuidado a sus hijos.

¿Cómo es dejar de hablarle a una amiga porque sí? Ninguna de las dos lo ha hecho, pero ambas hemos sido destinatarias de esa agresión en más de una oportunidad. En lo personal prefiero una buena discusión sin retorno que la simple indiferencia. Si dejás de hablarle a Rocío, te sobrarían las razones, pero no se me ocurre que no volvieras a hablar con Mara sin un motivo concreto.

Recuerdo que en alguna otra carta vos sostuviste que siempre se puede recurrir a los viejos y queridos motivos adultos para terminar relaciones, como la política, la religión, que te cae mal el marido de tu amiga o que alguna se mudó de país, por ejemplo.

No creo que los «clásicos» sean aplicables a los personajes citados; pienso que algunos motivos posibles son: la envidia, los celos, la competencia, la vergüenza, la deuda (monetaria y de la otra) y el sentirse cuestionadas ante diversas situaciones «cuestionables». Me parecen motivos y actitudes muy femeninas, que no nos halagan en general ni en estos casos en particular.

Ahora te propongo otro ejercicio: tomá al personaje que más te guste y preguntate: después de veinte años de amistad, Fulana ¿realmente me tenía cariño? ¿Lamentó dar por terminada la amistad? ¿Qué explicación se dio a sí misma? ¿Cómo reemplazó la conversación sobre lo cotidiano que tenía conmigo?

Claro que también habría otra alternativa bastante más simple para las fulanas y menganas: la falta de interés. A nosotras —y quizás más a mí que a vos— siempre nos ha interesado la amistad en general y más aún después de escuchar la genial teoría de la tía Chela, según la cual el éxito de una persona se mide por la cantidad de asistentes al entierro, porque el velorio ya casi ni se usa.

No se puede ofrecer amistad a alguien que no está interesado, ¿no te parece? Se podrá mantener un vínculo superficial pero no profundizarlo y en la actualidad, las redes sociales son el vehículo ideal para eso, es decir, todos juegan a «La Gran Roberto Carlos» y nadie toma café con nadie. De hecho, en la mayoría de los casos ni se conocen personalmente, pero tienen un millón de seguidores que no asistirán a su entierro.

Mención aparte merecen las «amigas» que abusan del «negrita», «corazón», «mi amor» y que te buscan por cielo y tierra a la hora de necesitar un consejo profesional, pero después ni se acuerdan de llamarte para el cumpleaños. Me parece que la hipocresía, en sentido amplio y utilitario, es otra cualidad femenina, que a estas alturas —por edad y experiencia— una ya puede reconocer con cierta facilidad.

Ay, los artilugios femeninos, que tan bien funcionan con los hombres, que muy rara vez los perciben y menos los entienden. Pero una cosa es que trates de usarlos con tu marido y otra muy distinta es que los uses con tu amiga. Resulta casi ofensivo.

La mención masculina me obliga a la comparación obvia: la amistad entre los hombres es mucho más simple y clara, sin ironía. Salvo por los deportes, las minas, la guita y la política, difícilmente se pelean por otra cosa. Pueden estar años sin verse y un día encontrarse por la calle y quedar para un café o un asado y listo. El único gran problema que les veo es que consciente o inconscientemente siempre están tratando de ganar y ahí puede haber traición. Te aclaro que sé que no vas a coincidir demasiado conmigo en este punto.

Y si no, pensemos en un ejemplo cinematográfico: *Eternamente amigas* (recordarás... Barbara Hershey, Bette Midler) versus *Amici miei*.

Más allá de la comparación, creo que la gente tiende a abandonar relaciones, básicamente, por no tomarse el trabajo de mantenerlas, sin detenerse a pensar en que los círculos sociales se reducen y que los adultos no andamos por ahí proponiéndoles a otros adultos que recién conocemos: «¿Querés venir a tomar la leche a mi casa?», recurso muy útil en la infancia, por cierto. Dicho sea de paso, tomar la leche en tu casa o en la mía era como que te invitaran los Beaufort en *La edad de la inocencia*, ¿te acordás?

Me adelanto a un futuro comentario de tu parte sobre que muchas de estas líneas tienen que ver con una crisis de la edad y, por favor, evitá la cita de la «finitud», que no me gusta.

Me despido con la habitual referencia a nuestra querida filatelia, que siempre justifica nuestra vieja costumbre de escribirnos cartas, aunque sea objeto de burla de toda la familia. Te adjunto la estampilla de la que te hablé y te recuerdo que me debés tu receta para las salsas rojas.

Maite

Las egresadas

La primera reacción al recibir el llamado de la secretaria del colegio no fue sorpresa, sino fastidio. Había estado esperando la convocatoria para la cena, en conmemoración del espantoso número de veinticinco años de egresadas del no querido Instituto de los Santos Arcángeles.

Podía suponer que tratarían de ubicarme a través del antiquísimo sistema de la guía telefónica. Pensé que primero probarían con las redes sociales y, al no encontrarme en ninguna, no tendrían más remedio que tratar de ubicarme por teléfono, pero me equivoqué. Primero ubicaron a K. y ella les dio mi número.

El llamado fue breve, ya que la joven secretaria se limitó a comunicarme la fecha, la hora y el lugar, que sería nada menos que en el mismo colegio, más concretamente en la sala de profesores, con un servicio de *catering*. ¡Qué horror! Recordar aquella sala y que alguien entendiera que era buena idea hacer una cena de egresadas en ese recinto, parecía casi macabro.

«No voy y listo… Nadie me obliga... Llamaré el mismo día diciendo que estoy en cama... ¿Qué me pongo? ¿Voy con el pelo suelto o me lo ato? Seguro que nos obligan a hacer un *tour* por todo el colegio...».

La contradicción de mis devaneos era evidente, y sospechaba que más de una habría tenido los mismos o parecidos.

Faltaba un mes para la cena, por lo que esa tarde no tenía que decidir nada. Podía hacer catarsis y juntar información, si estaba dispuesta a hablar con K., a quien hacía dos años que no veía y había llamado unos meses antes para el cumpleaños, sin éxito.

No tuve tiempo de decidir, porque fue ella quien me llamó. La dejé hablar un rato, escuchando sus confusos y dispersos relatos, que abarcaban desde el contacto de la secretaria del colegio a las anginas de su hija menor, pasando por los programas para las vacaciones y la recomendación de una crema reductora.

Una hora más tarde, llegamos a la conclusión de que ninguna quería ir pero que —por cariño a la otra— nos sacrificaríamos mutuamente.

En las semanas siguientes los llamados de K. se multiplicaron, ante su crisis de vestuario y de peinado, mientras yo aprovechaba para hacer memoria y comentarle ciertos encuentros callejeros que había tenido con algunas de las chicas en los últimos años, entre las que evidentemente nos habíamos quedado en el barrio.

Ningún encuentro fue trascendente, pero aportaron alguna información, como, por ejemplo, que Guadalupe se había casado con el muchacho que todas conocimos en su momento y tenía tres varones, o que Josefina quedó soltera, por decisión propia, según ella. También le comenté sobre las veces que crucé a Cecilia, sin que ninguna de las dos hiciera el mínimo esfuerzo por saludar a la otra. K. quiso imitarme en el ejercicio memorioso y me comentó que creía haber visto de lejos a Mariela en un *shopping* de la zona oeste, con varias bolsas y ninguna compañía.

Una semana antes de la bendita cena, K. estaba muy tranquila con toda su producción personal, que incluía: ropa y zapatos nuevos, depilación, manicura, maquilladora, peluquero y encerado de la 4 x 4. No era mi caso y me tenía sin cuidado.

Por suerte, el día anterior combinamos para que ella me pasara a buscar y de esa forma llegar juntas, ya que una hora antes del evento empezó a llover, como correspondía.

Logramos estacionar en la cuadra del colegio, a metros de la iglesia. La única novedad en el frente de la escuela era el cartel alusivo a los cincuenta años cumplidos por la institución.

Fuimos demasiado puntuales y las primeras en llegar. Nos recibió gente del *catering* y nos hicieron pasar directamente a la sala de profesores, que estaba igual. Yo la recordaba pintada de cremita pero ahora estaba de blanco, aunque el mobiliario oscuro y los armarios con vitrinas eran los mismos. La gran mesa ovalada estaba puesta para catorce comensales, es decir, nosotras, las egresadas como perito mercantil 1989.

Tratábamos de no sentarnos en ningún lado, cuando entraron Carolina y Lara. Caro hizo todo tipo de exclamaciones y gestos, cual adolescente en un recital de Luis Miguel y se me tiró encima para abrazarme. Casi nos caemos. Incapaz de imitar sus exclamaciones, me limité a dejar que se me empañaran los anteojos, que ya era mucho. ¡Cómo me gustaba la risa y la extroversión de Caro! Me había olvidado... Cuánto la había extrañado sin saberlo...

—Boluda, tás igual... ¡No lo puedo creer!... ¿Cómo hacés? —exclamó Caro y sé que la miré con infinita ternura, porque sólo con lo primero que dijo me había desarmado y transportado a los diecisiete años en un segundo.

Mientras intentaba saludar a Lara y empezar a cruzar frases coherentes, aparecieron Alejandra, Clara y Paola, que era imposible que hubieran planeado llegar juntas. Las exclamaciones y abrazos estaban ya fuera de control para todas y de golpe me di cuenta de que estaba sentada en la cabecera, contra mi voluntad, mientras un mozo servía bebidas sin consultar. A los cinco minutos llegaron Mariela y Mafalda. Cómo olvidar ese nombre, pobre chica. Después hizo su entrada Josefina y ya con el primer plato servido, aparecieron Natalia y Florencia, que sí se habían combinado. Tarde pero seguro, como siempre, llegó Guadalupe y, para alegría de todas en general y mía en particular, Cecilia nunca apareció y ninguna se preocupó al respecto, salvo por el hecho de que éramos trece a la mesa.

Decidí usar la vista que tenía desde la cabecera para hacer un paneo general: estaba claro que los veinticinco años nos habían pasado a todas, pero de trece formas distintas —que pretendía averiguar a la brevedad— y resolví que estaba incluida en el grupo de las «mejor conservadas».

Noté que la mesa estaba virtualmente dividida en dos: de la mitad hacia mi cabecera, estábamos las que en la antigüedad nos sentábamos en la fila de la izquierda y, de la mitad hacia la otra cabecera —en la

que por casualidad se había sentado Alejandra, mi
archienemiga natural—, estaban las de la fila de la
derecha, contra la pared. De haberlo programado, no
hubiera salido, máxime considerando el orden de
llegada.

A mi derecha tenía sentada a Clara y a mi
izquierda, a Mariela. No recordaba haber tenido nunca
una conversación que superara los cinco minutos con
ninguna de las dos.

En ese momento K. impuso su voz,
proponiendo un brindis y pensé: *Qué suerte que
alguien se ocupa de estos momentos Kodak*. También
propuso algo bastante más útil: que cada una dijera algo
de su vida, aludiendo básicamente a la ocupación y al
estado civil. Me encantó porque me ahorraba un trabajo
bárbaro. Todas tomaron a bien la consigna, como
buenas niñas católicas. K. me miró y me dijo: «Euge,
empezá vos».

Con el plato principal de fondo, la vuelta a la
gran mesa ovalada en treinta minutos arrojó el siguiente
score:

Eugenia	Abogada - 1 Varón - Casada
Karina	Ama de casa - 3 Nenas - Casada
Carolina	Instrumentista quirúrgica - Separada
Lara	Maestra jardinera - Casada - 2 Varones
Alejandra	Contadora - Divorciada - 1 Nena
Clara	Ingeniera - Viuda
Paola	Ama de casa - 1 Nena 1 Varón
Mariela	Comerciante - En pareja
Mafalda	Docente - Casada - 2 Varones

Natalia	Comerciante - Divorciada - 1 Nena
Florencia	Traductora de francés - Soltera
Guadalupe	Licenciada en RR.HH. - 3 Varones
Josefina	Kinesióloga - Soltera

El identikit del grupo había mostrado algunas obviedades, como mi profesión —que todas dieron por descontada—, o como en el caso de Alejandra y Lara, cuyas vocaciones eran firmes. También dio algunas sorpresas, como la viudez temprana de Clara —causó mudez grupal— o el exmarido golpeador de Natalia, que provocó mi inmediata reacción legal.

En ese momento catártico nos salvó el gong del postre. La conversación volvió a dispersarse y empecé a escuchar relatos de partos, cesáreas y embarazos perdidos por distintos motivos.

Para mi sorpresa, Clara decidió entablar conversación conmigo, pidiéndome ver una foto de mis hombres, como para romper el hielo. Mientras elogiaba al nene, me contó que su marido fue compañero de facultad y que intentaron tener chicos. Había fallecido dos años atrás, de un infarto.

La charla con Clara fluía agradablemente cuando se cortó la luz. Las reacciones fueron variadas y enseguida apareció uno de los mozos, diciendo que toda la cuadra se había quedado a oscuras y que estaban buscando velas.

La mayoría accionó la linterna de su celular, como si fuera la espada láser de los Jedi y yo aproveché para empezar a comer el postre que tenía frente a mí. Me causó gracia que no sólo la conversación se detuvo, sino que se escuchaban susurros, murmullos. ¿Por qué la gente entiende que si está oscuro, hay que hablar bajito? Como decía una amiga: «Viste que en la oscuridad no se escucha un pomo…».

Se abrió la puerta de la sala y, precedida por un candelabro grande y feo, hizo su aparición una monja diminuta. Su cara era antigua y su expresión severa, como del siglo XIX. Creo que a todas nos recordó a sor Piedad, pero por suerte no era la misma.

—Buenas noches señoras. Soy sor Purificación, la actual Madre Superiora. Tenía previsto acercarme a saludarlas e invitarlas a recorrer el colegio después del postre, pero dadas las circunstancias sólo puedo dejarles este candelabro y desearles que la velada termine lo mejor posible.

Acto seguido, apoyó el candelabro en el centro de la mesa y se fue. Hubo un largo silencio, durante el cual todas intentamos recuperar la respiración y aflojar la postura de granaderos que instintivamente habíamos adoptado. Creo que no nos pusimos de pie porque no hubo tiempo.

Era evidente la marca que había dejado en todas nosotras la antigua superiora y sus desquiciadas consignas, como que teníamos prohibido cruzarnos de brazos o que no podíamos poner la mochila entre las piernas en ninguna circunstancia, porque —según ella— nos podía provocar pensamientos lujuriosos. A ninguna adolescente normal se le podían ocurrir semejantes barbaridades, por lo que la retorcida y lujuriosa monja se tenía que hacer cargo de las ideas y pesadillas que provocaban sus mandamientos. Pero que veinticinco años después, trece mujeres de cuarenta y dos años reaccionáramos así, hablaba mal de nosotras y de nuestros terapeutas.

Busqué los cigarrillos en la cartera y me paré. K. me miró y me dijo:

—¿A dónde vas?

—Al patio. Me fumo encima —respondí. K. no festejó la frase porque la había escuchado demasiadas veces. Las demás sí; y fueron varias las que se pararon y buscaron afanosamente en sus carteras los elementos necesarios.

El patio descubierto parecía estar igual que siempre, pero la verdad es que no se veía nada y éramos cinco para fumar a la luz de la luna, que era un detalle muy cursi pero iluminador.

El grupito era bastante previsible: Alejandra, Carolina, Josefina, K. y yo. Ninguna fumaba en quinto año pero éramos las más «nerviudas» del grupo.

Podría haber sido una charla incómoda, como «de ascensor», pero Caro empezó a contar una anécdota divertida y asquerosa, sobre que en una guardia del sanatorio tuvieron que operar de urgencia a una monja que llegó inconsciente porque se había colocado un frasco de desodorante dentro de sus partes íntimas que, obviamente, después no pudo extraer. Lloré de la risa y quería que Caro contara otra historia, pero la pesada de Alejandra se sintió obligada a poner seriedad y empezar a hacer todos y cada uno de los comentarios que ella consideraba políticamente correctos sobre el desarrollo de la cena hasta ese momento.

La organización de la cena, el *catering*, el corte de luz, sor Purificación y la asistencia casi perfecta, ameritaron otro cigarrillo de casi todas. Yo escuchaba y asentía, mientras pensaba que, más allá de las arrugas, las canas, los kilos, los hijos y los maridos, habíamos cambiado poco y nada. En realidad, era cuestión de recordar cómo era esencialmente cada una a los diecisiete, para lo cual la oscuridad colaboraba bastante.

Cuando volví a enfocar la escena, Josefina me estaba diciendo:

—Euge, ¿tenés un minuto? Necesitaría hacerte una consulta… —Lo que no hizo más que ratificar mi teoría del minuto anterior. No importaba el cuarto de siglo intermedio, cuando Josefina necesitaba algo, había que atenderla y resolverle la necesidad en forma inmediata.

Evacuada su consulta legal, volvimos a la sala de profesores, donde transcurrían conversaciones de lo más variadas, con algunas combinaciones llamativas: Lara le aconsejaba a Paola cómo lidiar con la maestra jardinera de su hija mayor; Florencia le comentaba a Mariela sobre su carrera como intérprete en Cancillería; K. y Guadalupe comparaban experiencias de sus viajes a Disney y Miami; Natalia, Mafalda y Clara se reían a carcajadas con el relato de Carolina sobre que una vez se le rompió el cierre de una pollera bajando de un colectivo y se quedó en la esquina de Córdoba y Junín, en bombacha.

Noté que Mariela no estaba pero no me detuve en el tema porque me interesó mucho más la bandeja con café que veía ingresar en ese momento. Mala idea del *catering* traer el café ya servido y en pocillos, todos iguales. Hubo algunas reacciones casi violentas y dos jóvenes mozos asustados:

—No corazón, para mí cortado mitad y mitad —indicó Josefina.

—Para mí apenas cortado, pero con leche fría —precisó Lara.

—Yo quiero más leche que café y en jarrito —fue la consigna de Mafalda.

—Ah éste es de filtro y yo sólo tomo *express*… —se lamentó Guadalupe.

—Yo te pido un té, por favor —solicitó Clara.

—¿Tendrás un Cachamay? —preguntó Natalia.

Ay, la difícil relación de las mujeres con el café. Yo no resultaba la excepción porque hubiera querido un *express* con crema, pero por educación no se me ocurrió decirlo. Decidí intervenir para poner fin a la tortura de los mozos.

—Chicas, se habrán dado cuenta de que en junio se cumplieron veinticinco años del viaje a Bariloche…

—Para ustedes, porque yo me la pasé en el hotel. ¿Se acuerdan que me esguincé el primer día? —comentó K.

—Yo me acuerdo qué fuerte que estaban los coordinadores y no mucho más —acotó Lara.

—Yo no me acuerdo de nada. ¿Qué tal si me hacen un resumen? Me parece que lo mío fue un viaje etílico —dijo Caro, muerta de risa.

—La única sobria y coherente eras vos, Euge —fue el comentario de Guadalupe.

—Es verdad, recuerdo haber parado más de un taxi a la salida de los boliches y empujar a varias de ustedes adentro para lograr que llegaran al hotel y también recuerdo haber visto una foto del viaje en mi última mudanza y créanme que el tema eran los peinados, empezando por el mío —agregué.

—Creo que la única que no tuvo una aventura fue Mariela —comentó maliciosamente Lara, mientras buscaba con la mirada a la dueña de la imprenta.

—¿Alguien sabe dónde está Mariela? —pregunté.

—Debe haber ido al baño—contestó Mafalda desde la otra punta de la mesa.

—En ese caso lleva más de media hora en el *toilette* infantil de primaria, así que mejor voy a buscarla —anuncié.

—Te acompaño —dijo Caro y pensé que la escena y el diálogo eran bastante malos, tirando a clase B.

Atravesamos el patio y entramos al baño de nenas, que por suerte no tenía una luz de emergencia.

—Mariela... —llamó Caro.

No hubo respuesta, pero la linterna del celular de Carolina iluminó involuntariamente un zapato que asomaba debajo de la puerta del baño del medio. Sé que me puse pálida porque tuve un mal presentimiento. Mientras le señalaba a Caro, intenté abrir la puerta que obviamente estaba trabada por dentro, por lo que metí mi brazo por debajo y logré destrabarla al primer intento.

Mariela estaba sentada en el suelo, apoyada contra el panel izquierdo. Daba la impresión de haberse deslizado hasta quedar en esa posición y parecía dormida, pero se veía sangre desde su nariz hasta el pecho.

—Tomale el pulso que yo llamo al S.A.M.E. — le indiqué a Caro, que parecía Abbey de ER, esperando indicaciones de la doctora Weaver.

Tuve que salir al patio para conseguir mejor señal. La chica que me atendió en el 107 parecía estar recibiendo un pedido de empanadas, pero me aseguró que salía una ambulancia en dos minutos.

Cuando volví al baño, la que estaba pálida era Caro. La miré para que me diera el diagnóstico.

—El pulso es débil y está inconsciente. Parece un A.C.V... —fue su dictamen.

—Quedate, que voy a avisarles a las demás y a esperar al S.A.M.E. en la puerta.

No era justo: K. elegía los «momentos Kodak» y a mí siempre me tocaban los «momentos Chodak», pero era un karma que no tenía nada que ver con ninguna egresada.

Volví a la sala de profesores e hice un breve anuncio lo mejor que pude, y no me quedé a ver las reacciones porque alguien tenía que abrirle a la ambulancia. Tengo idea de que alguna de las chicas se ofreció de interlocutora con el *catering* y con sor Purificación.

Cuando llegó la ambulancia, al médico que bajó, lo miré y pensé: *Qué parecido que es a Montgomery Clift.* Me pidió un resumen y al entrar al colegio nos interceptó la superiora, que pretendía actuar de dueña de casa y estaba en su derecho, pero no había tiempo de cumplir con el protocolo.

«Monty» coincidió con el diagnóstico de Caro y dio a entender que el pronóstico no era bueno. También indicó que alguien se tenía que subir a la ambulancia con Mariela. La mirada de Carolina fue elocuente: iríamos las dos o ninguna. La segunda opción era muy tentadora, pero el cargo de conciencia iba a ser peor.

Nunca supe cómo fue la escena final de la velada y las despedidas en la puerta. Podía imaginar las consabidas frases de: «Che, nos hablamos para juntarnos a comer...», con los intercambios de *mails*, celulares y tarjetitas correspondientes, aunque dadas las circunstancias, esa escena implicaba cierta dosis de humor negro.

Nos subimos a la ambulancia, rumbo al Fernández. Caro fue atrás con Monty y yo adelante con el ambulanciero, que no se parecía a nadie conocido. Mariela falleció a la altura de Las Heras y Salguero. Escuché cada segundo de los intentos desesperados de Monty por salvarla, asistido por Caro. Me bajó la presión y casi termino internada por lipotimia. Firmé papeles que en circunstancias normales hubiera leído, discutido y no firmado, mientras Carolina iniciaba rondas telefónicas para ver si alguien tenía el teléfono de la casa de Mariela y sabía cómo se llamaba el novio.

No hubo velatorio y el entierro fue dos días después. No fui porque estaba en cama con cuarenta de fiebre, pero participé de la obligada corona y del aviso en *La Nación*.

La autopsia reveló que Mariela tenía un tumor cerebral del tamaño de una pelota de *ping pong*, que evidentemente desconocía.

En los días posteriores no podía dejar de pensar en lo poco que sabía de Mariela, quien curiosamente pasó su última noche sentada a mi derecha sin que tuviéramos un intento de conversación.

La desconocida Mariela, quien heredó una imprenta de sus padres, fue hija única, no tuvo hijos y no sé si amigas, pero al menos un hombre protagonizó su entierro.

¿Cómo hicimos para vernos las caras la mitad de los días del año durante todo el secundario y nunca conversar más de cinco minutos? Ni siquiera teníamos la excusa de caernos mal, porque no era así. La actitud había sido mutua y supongo que se resumía en la falta de interés. Podía tratar de consolarme pensando que la misma situación se dio con las demás, incluyendo a Mafalda, su compañera de banco, pero descubrí que no me consolaba nada.

Pocas situaciones y personajes fueron normales en ese colegio y en ese grupo, que nunca fue unido y así fue que los vínculos personales que perduraron con los años fueron muy pocos.

No creía que la muerte de Mariela nos llevara a otros reencuentros. Sí creía que nuestros terapeutas tenían trabajo asegurado. Chodak.

Backwards

«¿Cuántos años hacen falta
para olvidar un minuto?».
—Steve Mc Queen

Era un domingo lluvioso y con poca voluntad me dispuse a buscar una foto de mi escolaridad, necesaria para una tarea de primer grado de mi hijo.

La caja de las fotos parecía empecinada en mostrarme cualquier cosa menos lo que buscaba. Opté por vaciarla sobre la cama y empecé a separar fotos familiares de las de amigas, viajes, casas ya habitadas y misceláneas.

Tardé un rato en encontrar la foto escolar porque no pude evitar detenerme en otras, por distintas razones.

Las fotos son recuerdos muy concretos. Peor, la imagen puede ser divina y el recuerdo muy poco feliz. En general, uno no guarda fotos feas o que no quiere guardar, pero hay algunas que evocan distintos recuerdos según en qué década se las mire y con qué ánimo. Este era el caso de mi foto de segundo grado, en la que estoy sentada en un escritorio, con una "303" en la mano y mirando al fotógrafo para la ocasión. Toda la imagen es setentosa, como la protagonista, que, a pesar de los anteojos de aquel entonces, se las ingenió para sonreír y salir bonita.

¿Pero qué recuerdo de esa nena de siete años que había vuelto a cambiar de escuela, de casa, de provincia a capital y conocido a sus futuras mejores amigas? La enumeración de los hechos es bastante fácil y objetiva, pero la memoria no.

En la *melange* de fotos que no tenía ningún interés en ver, se cruzó una de mi mamá, en blanco y negro, chiquita, rectangular. Ella tenía dieciocho años y estaba parada al lado de un árbol, con su brazo izquierdo levemente extendido y la mano apoyada en el tronco; tenía el pelo lacio y con raya al medio y llevaba puesto un *sweater* negro, con cuello media polera. Adoro esa foto, pero el problema es que una vez mamá la miró y me dijo: «Me di cuenta de que en este momento de mi vida me extraño a mí misma a los dieciocho años». Confieso que me pareció terrible, de una melancolía infinita y tal vez ninguna nostalgia.

Yo no me extraño nada a mis dieciocho años, ni a los siete, pero sospecho que de vieja me voy a extrañar a los cuarenta.

Me gusta sacar fotos y no salir en ellas o no sola. Prefiero las fotos en las que tengo anteojos oscuros y un buen tapado, nada de playa ni traje de baño. Si el paisaje o el monumento eran lo importante, mejor. Y, por las dudas, recordemos que la foto engorda, lo mismo que la televisión, sobre todo si uno está en remera y bermudas. Si fue con *flash*, lo más probable es que salga con los ojos cerrados y es casi imposible que sonría, todo lo cual siempre es responsabilidad del fotógrafo de turno y no del fotografiado. Pero que sea impresa en papel. Yo me tomo el trabajo de armar la selección y llevo a imprimir. No me interesa la colección digital.

La foto siempre es pasado y recuerdo. Si se le agrega sonido, llegamos al cine, a veinticuatro fotogramas por segundo. Pero lamentablemente no se pueden agregar olores, por ejemplo. Miro la foto de mis tías abuelas y no puedo recordar el timbre de voz de ninguna, pero sí el olor de ciertas comidas que preparaban.

Y hay tantos momentos importantes, privados, personales, de los cuales no hay fotos, sólo memoria, por ejemplo, del primer beso. Recuerdo la ocasión de la fiesta, el muchacho entusiasmado, el robo del beso, pero no su nombre o cara. Sólo me acuerdo que se parecía a la foto de la tapa de un disco de Paul Anka que había en lo de mi tía.

Nunca me gustaron las filmaciones —antes eran con video y ahora con teléfonos—, pero me parece que voy a empezar a grabar a mi hijo, antes de que tenga barba, para que de adulto recuerde cómo era su risa a los seis años. Yo no recuerdo la mía.

También hay fotos que muestran cosas que uno no recuerda y viceversa. Veo polaroids de algunos momentos de la infancia que no recuerdo y que intentan mostrar miradas y gestos agradables, difíciles de imaginar. Si uno tiene un mal recuerdo, ¿cómo es que la imagen es positiva? Si el recuerdo es divertido, ¿cómo es que la foto muestra aburrimiento? ¿Cuál de las dos miente?, ¿la memoria o la cámara? El momento existió, hasta ahí la foto no puede mentir, pero ¿cómo lo recuerda uno?, ¿será como realmente sucedió o es lo que uno puede inventar para soportar el recuerdo? Como dice una amiga de mamá: «A gatas me puedo hacer cargo de mi conciencia; no me pidas que me haga cargo de mi inconsciencia».

Hay algunas personas en el mundo que padecen la memoria como enfermedad, que involuntariamente recuerdan todo lo que ven, escuchan, leen, dicen. Debe ser enloquecedor, como también lo debe ser la amnesia. Si no tenés ningún recuerdo, ¿quién sos? No he conocido a nadie que padezca ninguna de esas dos enfermedades, pero sospecho que, puesta a elegir, preferiría el exceso y no la ausencia.

¿Qué es más importante?, ¿la imagen o el recuerdo de cómo se sintió ese momento? Si puedo recordar todo lo que sentí cuando toqué a mi hijo por primera vez, ¿qué importancia puede tener que la imagen sea borrosa porque estaba sin anteojos? La imagen es la que pudieron inventar mis ojos en ese instante, es decir, todo desenfocado. Es la imagen que pude tener, que me quedó. El recuerdo es otro: es su cara contra la mía, de un calor infinito a pesar del frío, de la desnudez de ambos en el quirófano.

Un escritor francés dijo: «Nada fija tan intensamente un recuerdo como el deseo de olvidarlo». Creo que es verdad, pero también lo aplicaría al deseo de recordarlo.

Cuántos años hacen falta para olvidar una mirada, un reto, una desilusión, un reproche, un fracaso, un sopapo, un examen, un pecado, un olvido, un exabrupto, un llanto, un error, un momento. Es probable que sean los años que queden de vida o el Alzheimer, lo que llegue primero.

Cuántos años hacen falta para no olvidar una mirada, una sonrisa, un éxito, un abrazo, una travesura, una palabra, un sacramento, un juego, una ilusión, una voz, una risa, un reconocimiento, un acierto, un momento. Quizás la respuesta sea la misma.

Hay libros que no hay que volver a leer; hay películas que no hay que volver a ver; hay canciones de las cuales no hay que escuchar otras versiones y hay recuerdos que hay que dejarlos como están, sin forzarlos, sin decirlos, sin explicarlos y, en lo posible, sin recordarlos.

¿Y si el recuerdo es inventado? No sé por qué, cada vez que escucho una canción ochentosa —el único *hit* de una banda olvidada— recuerdo haberla bailado con cierta persona en un boliche en el que nunca estuve. Yo sé que eso no pasó. Y como recuerdo inventado no tiene ninguna importancia, no sirve para nada. Entonces, ¿para qué recordarlo? ¿Por qué no me invento recuerdos importantes? Uno imagina situaciones todo el tiempo, con la ventaja de que pueden ser del pasado, presente o futuro. Si son del pasado, deberían seguir siendo situaciones imaginarias o imaginadas y no recuerdos. Si son del presente, son un problema en sí mismo porque si en este momento estoy imaginando una situación que no estoy viviendo realmente, cuando terminé de imaginarla es pasado, pero no debería convertirse en un recuerdo. Y si es en el futuro... Me imagino vieja, por ejemplo, ¿y me quedo con el recuerdo de haberme imaginado vieja hace cinco minutos?

Se supone que hay personas que naturalmente tienen más memoria que otras. ¿Es así? La gente que tiene mala memoria, ¿lo elige? ¿Es más feliz? ¿Será un mecanismo de defensa? Conozco a alguien desde la primera infancia con poca memoria. Yo soy su biógrafa oficial. Cuando quiere recordar cosas puntuales, me consulta. En general, ambas nos preguntamos: ¿Eso es bueno? Yo cargo con sus recuerdos, con nuestros recuerdos. En la mayoría de los casos, los registros no coinciden.

—¿Yo te dije que vos no habías entendido nada y por eso te ofendiste?

—Sí claro, cómo no me iba a ofender si me trataste de tonta…

—Pero no era en serio… ¿Y por eso no me llamaste en un año?

—Y sí, para mí el recuerdo de esa conversación era claro.

—Era oscuro, porque yo ni recordaba el hecho. Siempre creí que te habías enojado porque te clavé aquel sábado.

Un ejemplo simple de los permanentes malos entendidos que tiene todo el mundo por cómo cada uno recuerda lo que le conviene, lo que necesita recordar, lo que quiere recordar, lo que puede.

Las fotos siguen desparramadas sobre la cama. Las guardo en la caja, que queda desordenada, como yo, con mis recuerdos.

> *«¿Que por qué estaba yo con esa mujer?*
> *Porque me recuerda a ti.*
> *De hecho, me recuerda a ti más que tú».*
> —Groucho Marx

La amiga perfecta

En la ciudad espacial K-108, los cumpleaños eran recordados a sus habitantes con un mes de anticipación, en los dispositivos personales y en las pantallas de los centros de distribución de transportes públicos.

Eva tenía plena conciencia de que faltaban veintitrés días para que cumpliera ochenta años. No necesitaba que nadie se lo recordara, pero sí quería un regalo y hacía tiempo que tenía en mente cuál sería.

Hacía diez años que vivía en el espacio, contra su voluntad, como la mayoría de la gente mayor a su alrededor. En el año 2050, la Tierra había colapsado, por superpoblación, por falta de recursos de todo tipo y cataclismos naturales.

Las grandes potencias comenzaron la construcción de ciudades espaciales en la década del treinta y en veinte años construyeron más de cien estaciones distintas, dentro de las cuales había una ciudad. El problema era que cada una tenía capacidad para un millón de personas, por lo que para ese momento diez millones de humanos vivían en el espacio, mientras que en el planeta la población mundial superaba los diez mil millones, sin mayores esperanzas de vida.

Los criterios de selección de quiénes podían embarcar en una nave espacial y se aseguraban un lugar en una ciudad artificial, habían sido todos siniestros, comenzando por el simple hecho de que —como todo en la historia de la humanidad— tenía precio. El primer segmento eran los millonarios, que además gozaban de todo tipo de servicios de nivel superior.

No había sido el caso de Eva, que llegó a K-108 gracias a su único hijo, que era el comandante general de esa ciudad.

El padre de Mateo había fallecido veinte años antes, dejando a Eva viuda a los sesenta, el mismo año en el que fue abuela por primera vez. Una década después, Mateo fue destinado al espacio, junto a su familia, incluyendo a su madre.

Para ese momento, los nietos de Eva terminaban su infancia y ella supo que su lugar y sus últimos años sólo podrían ser soportados junto a su familia, a pesar de todo lo que debía dejar para siempre en la Tierra.

Los primeros tiempos se había dedicado a ellos, sobre todo porque su nuera no lograba adaptarse a la realidad espacial.

A medida que sus nietos se hicieron adultos y dejaron de convivir con los mayores, Eva decidió retomar la escritura y la docencia de Literatura, como lo había hecho durante toda su vida en la Tierra.

Pero en los años que llevaba en el espacio no había logrado trabar amistad con una mujer de su edad. Lo intentó en varias oportunidades y en un par de ocasiones creyó haber tenido éxito, aunque se dio cuenta de que sólo se trataba de relaciones sociales y no de amistades personales.

Eran muy pocas las amigas que dejó en la Tierra. Si era sincera con ella misma, dejó a dos, porque las demás se distanciaron, no tanto por vivir en otra ciudad u otro país, sino por el caos mundial de aquella época, cuestiones familiares, de salud o porque sí.

No lograba recordar cuándo fue la última vez que tomó un café con una amiga, cara a cara, a la antigua. Esa costumbre se había perdido casi por completo en la Tierra en la época en la que Mateo estaba en la universidad.

Todas las relaciones en general eran virtuales; uno podía hablar con el otro —pantalla de por medio— durante horas, pero no podía dar un abrazo o un beso de bienvenida, de despedida, de feliz cumpleaños o lo que fuere.

Para Eva la escritura era natural, no le costaba nada sentarse a escribir para comunicarse, pero consideraba que nadie —por bien o mal que escribiera— habla de la misma forma que escribe. Y le resultaba peor que la gente redactara grandes declaraciones de todo tipo que después no llevaban a la acción. Este no era un problema de la nueva era espacial, sino nacido con el siglo XXI, con los dispositivos tecnológicos.

Eva distaba de ser la única que sostenía que la tecnología terminó convirtiéndose en un bumerán en materia de comunicación, aunque resultaban claras las ventajas de lo instantáneo y la distancia, porque daba lo mismo que dos personas vivieran a doscientos metros que a doscientos mil kilómetros, si se comunicaban por el mismo sistema virtual.

Los adultos mayores como ella conservaban la vieja costumbre de escribir con palabras, más allá de la extensión del texto. Los más jóvenes mantenían interminables intercambios de íconos, símbolos, signos, figuras, señales, dibujos y cualquier otra representación gráfica que no fuera una palabra.

A criterio de Eva, la consecuencia era que los diálogos —porque la palabra conversación le parecía enorme, en comparación— resultaban muy pobres, para decirlo suavemente y desde todo punto de vista.

En lo personal, se había esmerado tanto en la educación de Mateo y de sus nietos que, para su alegría, todos eran capaces de dialogar y conversar con normalidad. Pero ella extrañaba la conversación con una amiga, sobre lo que fuera. Extrañaba conversar en general, como lo disfrutó con su madre o con su marido.

Y si la humanidad fue capaz de construir ciudades espaciales, por supuesto que también logró alcanzar altísimos niveles de inteligencia artificial. De hecho, muchas funciones eran cumplidas por robots humanoides dentro de la ciudad, a los que sólo se distinguía por el uniforme y no porque no parecieran humanos ciento por ciento. Hacía décadas que todo ese mundo había sido anunciado como ciencia ficción; el problema era que se transformó en realidad, incluyendo *Las tres leyes de la robótica*, enunciadas por Isaac Asimov un siglo antes[27].

---

[27] Las tres leyes de la robótica son un conjunto de normas elaboradas por el escritor de ciencia ficción Isaac Asimov, que la mayoría de los robots de sus novelas y cuentos están diseñados para cumplir. En ese universo, las leyes son «formulaciones matemáticas impresas en los senderos positrónicos del cerebro» de los robots (líneas de código del programa que

A su edad, Eva no quería al *Hombre bicentenario*, así tuviera la cara de Robin Williams, a quien nadie recordaba por arcaico. Tampoco quería que fuera alguien más joven que ella. Quería alguien a la par; y en el mundo de K-108 del año 2050 se podía elegir, configurar y comprar una amiga, en menos de diez minutos.

Claro que comprar una amiga implicaba tener el poder adquisitivo del primer segmento, pero cuando su familia le consultó qué regalo esperaba por sus ochenta años, Eva les dijo la verdad, sin vueltas.

Mateo se conmovió ante el pedido de su madre y encontró una variante dentro del mercado que estaba a su alcance.

Así fue que una semana antes del aniversario, Eva concurrió a la cita programada en las oficinas de

---

regula el cumplimiento de las leyes guardado en la memoria principal del mismo). Aparecidas por primera vez en el relato *Círculo vicioso* (*Runaround*, 1942), establecen lo siguiente: un robot no hará daño a un ser humano o, por inacción, permitir que un ser humano sufra daño. Un robot debe hacer o realizar las órdenes dadas por los seres humanos, excepto si estas órdenes entrasen en conflicto con la primera ley. Un robot debe proteger su propia existencia en la medida en que esta protección no entre en conflicto con la primera o la segunda ley. Esta redacción de las leyes es la forma convencional en la que los humanos de las historias las enuncian; su forma real sería la de una serie de instrucciones equivalentes y mucho más complejas en el cerebro del robot. Asimov atribuye las tres leyes a John W. Campbell, que las habría redactado durante una conversación sostenida el 23 de diciembre de 1940. Sin embargo, Campbell sostiene que Asimov ya las tenía pensadas, y que simplemente las expresaron entre los dos de una manera más formal. Las tres leyes aparecen en un gran número de historias de Asimov, ya que están en toda su serie de los robots, así como en varias historias relacionadas, y la serie de novelas protagonizadas por Lucky Starr. También han sido utilizadas por otros autores cuando han trabajado en el universo de ficción de Asimov, y son frecuentes las referencias a ellas en otras obras, tanto de ciencia ficción como de otros géneros.

Overtherainbow, una de las empresas especializadas en ese tipo de robots. De hecho, fue recibida por uno que le ofreció una bebida, le explicó el procedimiento y la dejó a solas en una habitación, para que diseñara hasta el mínimo detalle de su futura amiga.

A Eva le pareció fascinante: podía esbozar la parte física y también elegir todos los aspectos de la personalidad, para lo cual había preparado una larga lista de cualidades a incluir y otras a excluir. Esa lista fue el resultado de tantas amistades y vínculos de todo tipo vividos en la Tierra.

Eva dividió una hoja con una línea vertical en el medio: la columna izquierda se titulaba Sí y la columna derecha se titulaba No, que le sonaron mejor que virtudes y defectos, sobre todo para que no resaltaran los propios.

La confección de esa lista fue un proceso de varias noches y le resultó bastante doloroso, porque la obligó a recordar un sinfín de situaciones y personas que dejaron más cicatrices que sonrisas en su memoria.

Una hora después de haber ingresado a su cita, tenía a su amiga perfecta diseñada, menos el nombre, que no se atrevió a elegir, por lo que indicó que debía autonombrarse.

El día de su cumpleaños, a las nueve de la mañana, se anunció en su habitación la visita de Keyra, su nueva amiga. Eva estaba preparada, esperándola. Abrió la puerta ansiosa y en cuanto la vio, le encantó; era tal cual la imaginó.

—Hola Eva, feliz cumpleaños. Mi nombre es Keyra y soy tu nueva amiga. Mucho gusto en conocerte en este día tan especial para ti —dijo la humanoide, al tiempo que se acercaba a Eva, le daba un beso en la mejilla y le entregaba un gran ramo de flores artificiales envueltas en papel de regalo, con un moño plateado en el centro.

—Hola Keira, gracias y mucho gusto en conocerte justamente el día de hoy. Adelante, por favor. Me gusta tu nombre, me recuerda al de una actriz inglesa muy bonita que se llama Keira Knightley…

—Pero el nombre de la actriz es con i latina y el mío con y griega.

—Ah, es bueno saberlo. ¿Quieres un café?

—Sí, claro. Como prepares el tuyo para mí está bien.

Mientras Eva servía el café en la cocina, tuvo tiempo de pensar que la relación con Keyra sería toda una experiencia. Su nueva amiga ya tenía incorporada mucha información personal y familiar, porque si bien se acababan de conocer, la idea era que el vínculo ya estaba preestablecido, aunque el desafío inicial consistía en que Keyra tenía conciencia de que no era humana y Eva era su primer vínculo «afectivo».

La conversación que mantuvieron aquella mañana fluyó con amabilidad, pero Eva no podía dejar de observar a Keyra y sintió que era recíproco, como si se estuvieran examinando.

Había elegido que su amiga fuera de estatura mediana, delgada, de pelo lacio con algunas canas y ojos claros. Era bonita sin ser deslumbrante, pero daba unos años menos que su diseñadora y la explicación era simple: Keyra no había vivido hasta ese momento y donde más se notaba no era en sus pocas arrugas, sino en su mirada, que no sabía nada de sentimientos. Eva recordó la frase de su madre, tantas veces repetida: «Los ojos nunca mienten».

Se veían con regularidad, a veces por iniciativa de Eva y otras veces por la de Keyra, que parecía ¿adivinar? cuándo su amiga tenía ganas de un encuentro. Los programas eran variados y acordes a la edad de ambas: tomaban el té, iban al teatro, veían viejas películas, jugaban a las cartas o al *bridge*, pero lo que más hacían era conversar. No existía tema que Keyra no pudiera abordar y siempre aportaba los datos que Eva no recordaba.

En varias oportunidades, la nueva amiga participó de reuniones y festejos familiares. Todos adoraban a Keyra, que siempre tenía la dosis justa de simpatía, amabilidad, consideración y diplomacia.

Pasó un año y Eva estaba a punto de cumplir ochenta y uno y Keyra, uno. La propuesta fue que su amiga se uniera al festejo familiar del cumpleaños y que a su vez ambas celebraran un año de conocerse. Y así fue.

Esa noche no pasó nada en particular, por el contrario, fue una velada de lo más agradable para todos.

Pero a la mañana siguiente, Eva se levantó de mal humor, que no era habitual en ella y no supo por qué.

El miércoles Keyra la contactó para coordinar el té de los viernes a la tarde y, por primera vez, Eva le dijo que no podía porque ya tenía otro compromiso, como excusa. Keyra no pareció sorprenderse ni molestarse y le contestó amablemente, como siempre. Eva se fastidió ante la falta de reacción, a sabiendas de que no era razonable.

Durante ese fin de semana, tuvo tiempo de pensar en su vínculo con Keyra y qué era lo que la tenía a maltraer.

La noche del domingo durmió muy mal y tuvo un sueño desagradable, en el que una vieja amiga de la mediana edad desafinaba al tratar de entonar algunos versos de una canción que estuvo de moda cuando ambas eran adolescentes. Eva no logró recordar las palabras exactas pero sí el título de la canción. Se levantó y le pidió a su asistente virtual que buscara la letra completa de aquella balada. Los versos que soñó decían:

«Ojalá se te acabe la mirada constante,
la palabra precisa, la sonrisa perfecta…»[28]

Mientras revolvía su café de la mañana, Eva se sintió agradecida por el sueño revelador: su problema con Keyra era que no soportaba más ni su mirada constante ni su palabra precisa ni la sonrisa perfecta y entendió que todo aquello distaba de ser un problema del robot, porque ella misma había deseado y diseñado a su amiga perfecta.

Antes de salir le ordenó a su asistente virtual que enviara un mensaje a Overtherainbow, solicitando que desactivaran a Keyra.

Con el correr de los días, Eva se sintió aliviada ante la decisión tomada, pero se resignó ante la idea de que su mejor amiga era ella misma, que distaba de ser perfecta.

.

---

[28] Título de la canción: "Ojalá". Autor: Silvio Rodríguez (1975).

El viaje inaugural

El verano de 1969 fue especial para la familia y en particular para mí, que sólo tenía once años. El tío Jorge se había ganado un premio de la lotería del Día de Reyes, que resultaron ser unos cuantos pesos para la época.

Jorgito era hermano de mamá y yo, su único sobrino. Papá había fallecido el invierno anterior y mamá trabajaba todo el día, como secretaria de un estudio jurídico. Como hermanos se adoraban, aunque mamá se hacía mala sangre ante la falta de responsabilidad de Jorge, que era diez años menor que ella. Siempre había sido un tiro al aire; no quiso estudiar y para sus veintiocho años ya contaba en su currículum con mil trabajos diferentes, ninguno de los cuales le había durado demasiado.

Mamá ganaba lo justo para mantenernos, e irnos de vacaciones no era una opción. Las clases habían terminado y yo pasaba el tiempo con mis abuelos, en una casa que adoraba y recuerdo con nostalgia, no sólo del lugar sino del tiempo.

La mañana del Día de Reyes recibí un regalito de mamá, aunque ya no estaba en edad de poner los zapatitos. Pero el gran regalo fue del tío Jorge, que llegó exultante esa tarde a lo de mis abuelos, interrumpiendo el sacrosanto té de las cinco.

Estaba tan excitado que no lográbamos entender qué había pasado. Nos mostraba el billete y repetía: «Yo sabía que la pegaba con este número». Mi abuelo lo miró fastidiado por la interrupción; mi abuela también, pero por ser el motivo del fastidio del abuelo. Mamá lo miró incrédula y yo con toda la curiosidad de un chico de mi edad.

Jorge logró serenarse, se sentó y nos contó que había ganado el tercer premio de la lotería, que iría a cobrar a la mañana siguiente. Después le dijo seriamente a mamá:

—Nela, querida, quiero regalarles a vos y a Daniel un viaje... Unas buenas vacaciones para este verano. ¿Qué te parece?

Mamá se emocionó y abrazó a su hermano. Yo también me paré de un salto, al tiempo que gritaba «¡Bieeennn!». Mi festejo implicó que una de mis manos tirara todo el chocolate que contenía mi taza, mientras mi abuelo me clavaba la mirada con recriminación y la abuela se emocionaba ante el gesto del hijo díscolo.

El mejor amigo de Jorge tenía una agencia de viajes, heredada de su padre. Allí fuimos los tres, a finales de esa misma semana, a contratar el viaje.

A mí me encantaba que me llevaran al centro, aunque aquella vez me puse triste cuando pasamos por la puerta de la peluquería, sobre la Avenida de Mayo, a la que todos los meses iba con papá. No había vuelto a ir, porque el abuelo decidió que me cortara su peluquero, en Caballito.

Pero aquella mañana, más que un paseo, lo nuestro era un asunto de *business and pleasure*. Jorge le había avisado a su amigo Mauricio que iríamos a verlo. Cuando entramos a la agencia, sobre la calle Tucumán, entre Florida y San Martín, nos estaba esperando.

El tío le había pedido que nos buscara algo para los últimos días de enero, que era cuando mamá tenía vacaciones en el estudio jurídico, por el tema de la feria judicial de verano.

—Jorgito querido, qué alegría verte —dijo Mauricio mientras saludaba a mamá y me daba la mano, como si yo fuera un hombre.

—Les encontré algo que les va a encantar y, de carambola, por la fecha.

Los tres lo miramos ansiosos e intrigados. Mauricio desplegó sobre su escritorio unos folletos de un barco enorme, fotografiado en el medio del mar. El barco estaba pintado de blanco y su nombre —en letras azules— era Alberto Dodero.

—Es un crucero y el viaje debut de este fantástico barco, con el que Dodero le quiere hacer la competencia a Mihanovich, va de Buenos Aires a Río de Janeiro, ida y vuelta en una semana. Tienen todas las comidas incluidas y un camarote para ustedes dos solos. Para vos va a ser una aventura inolvidable Danielito…

Odiaba que me dijeran Danielito, pero en ese momento le podía perdonar eso y cualquier otra cosa a Mauricio.

Mamá parecía incapaz de hablar. En su lugar, Jorge le hizo a su amigo unas cuantas preguntas operativas, que incluían el costo del viaje y cómo le pagaba.

Cuando salimos de la agencia, mamá tenía en su cartera un estuche de cuero, con los pasajes y los folletos de información e indicaciones de todo tipo para nuestra aventura.

El tío nos propuso almorzar en Gath y Chaves para festejar. Yo me sentía en las nubes y, sin duda, era el mejor día de mi vida desde que había fallecido papá.

Esa misma tarde, mamá se sentó conmigo e hicimos una lista de las cosas que necesitábamos para el viaje y cuáles nos faltaban, como por ejemplo, un *short* de baño para mí, ya que el crucero tenía pileta.

Dejé que mamá armara la valija como a ella le parecía, pero insistí en que guardara el libro que me había regalado para Navidad, *El Corsario Negro*, de Emilio Salgari. Me pareció que era el libro más indicado para leer en un viaje por mar.

El barco zarpó el diecinueve de enero, bien temprano a la mañana. Fueron a despedirnos los abuelos y el tío Jorge. La abuela llevó un pañuelo blanco para agitarlo, así la podíamos distinguir desde cubierta. El capitán dio un pequeño discurso de inauguración y desde el muelle alguien se ocupó de estrellar un enorme botellón de *champagne*, como correspondía.

Era un día de pleno sol con todo el calor de fines de enero. El acomodo en el camarote nos mantuvo ocupados hasta la hora del almuerzo, que para mí fue eterno, aunque más tediosa fue la espera entre la ingesta y la tan esperada zambullida en la pileta.

Aquella noche, apenas terminó la cena, nos fuimos a dormir, agotados, mientras el barco navegaba plácidamente por las costas uruguayas.

El día siguiente amaneció nublado y ventoso, por lo que la pileta no era opción. Yo me enfrasqué con mi libro, mientras mamá se dedicaba a hacer sociales con otras señoras.

Al mediodía, le comunicaron a mamá que esa noche estábamos invitados a compartir la cena en la mesa del capitán. Ella se sintió muy halagada, pero se puso nerviosa con el tema del atuendo indicado para la ocasión.

Sus nuevas amigas corrieron en su ayuda; de hecho, me pareció escuchar un comentario de una de ellas acerca de que el capitán le había echado el ojo a mamá y no supe qué implicaba aquello.

En lo personal, estuve ocupado con lo que sucedía a bordo de El Rayo, que era el buque pirata de mi libro. El Corsario Negro ya había perdido a su hermano, el Corsario Verde, pero debía salvar a su otro hermano, el Corsario Rojo, quien había caído prisionero del gobernador de Maracaibo.

Los preparativos para la bendita cena con el capitán empezaron muy temprano, a mi gusto. Cuando estuve listo, me sentí un cartón prensado, dentro de la camisa blanca almidonada por mi abuela, los zapatos acordonados y el peinado a la gomina impuesto por mamá.

El menú resultó ser todo marino, para mi desagrado, ya que no me gustaban los mariscos ni el pescado que sirvieron. Era el único menor de la mesa y no recuerdo haber pronunciado palabra en toda la cena, que creo era el comportamiento que se esperaba de mí.

Después del postre, pedí permiso para retirarme y mamá pareció aliviada con mi requerimiento.

Ya en el camarote, me acosté y me enfrasqué en el rescate del Corsario Rojo, gracias al Corsario Negro, quien le promete que se reencontrarán en la isla Tortuga.

Me quedé dormido y me desperté ya de mañana, con mamá diciéndome que debíamos ir a desayunar.

Había vuelto el sol, con todo el calor. Mientras nadaba en la pileta, se me acercó un chico más o menos de mi edad y me preguntó qué libro estaba leyendo el día anterior. Al comentarle el título, se entusiasmó porque él estaba leyendo *Sandokán*, que yo no había leído, como él tampoco *El Corsario Negro*. Nos propusimos intercambiarlos antes de que terminara el viaje, pero resultó que mi nuevo amigo, César, vivía en Rosario. Sería cuestión de consultar con las respectivas madres, que entablaron conversación antes que nosotros.

A la tarde nos informaron que ya navegábamos por aguas brasileñas. Nuestro itinerario incluía todo un día en Río de Janeiro, con la visita de la ciudad, desde temprano y hasta la hora de la cena en el barco.

Las sonrisas entre el capitán y mamá parecían ir en aumento. A mí ya me daba vergüenza. César se dio cuenta, por lo que estuvo un rato tomándome el pelo, aunque se encargó de distraerme con una mesa de billar, que descubrió en un salón que nadie nos había mostrado. Sabía jugar porque papá me enseñó, pero mi amigo resultó ser un experto en el tema y me mostró unos cuantos trucos para mejorar mi *performance*.

Entre el billar y la pileta, abandonamos a nuestro amigo Salgari.

A la mañana siguiente, nos despertamos con la novedad de que el barco se había detenido. Supusimos que estaba previsto, porque con buena voluntad, se divisaba la costa brasileña desde la cubierta, aunque el descenso estaba programado para el día posterior.

Mientras todos desayunábamos en el comedor, apareció el capitán. No sólo que no le sonreía a mamá, sino que estaba pálido. Nos comunicó que faltaba un día de navegación para llegar a la Bahía de Guanabara, pero que detuvieron los motores por un desperfecto que ya se encontraba en vías de solución. La indicación era que todos continuáramos con nuestras actividades recreativas habituales.

César y yo nos dirigimos a la pileta, pero las señoras quedaron reunidas en el comedor, como si de ellas dependiera la declaración de una guerra con Brasil.

Al atardecer llegaron las explicaciones, que eran malas noticias. El casco del barco había sido levemente averiado —aparentemente por una piedra de tamaño importante— y debía permanecer fondeado, con los motores apagados. No existía ningún riesgo de protagonizar una segunda versión del Titanic, pero una vez solucionada la «pequeña» rajadura, lo único que podía hacer el crucero era dar la vuelta y bajarnos a todos en el puerto de Punta del Este, que era el más cercano para la emergencia.

Mamá parecía muy preocupada por nuestra seguridad. Yo me puse triste porque no conoceríamos Río de Janeiro. César trató de mostrarse más positivo, diciéndome que tendríamos más tiempo para jugar juntos y que seguiríamos siendo amigos.

Llegamos a casa el mismo día —con algunas horas de diferencia— que debíamos volver con el crucero, después de un interminable y caluroso viaje en ómnibus desde Uruguay.

Fuimos a tomar el té a lo de los abuelos y les contamos nuestras peripecias. El abuelo se mostró muy preocupado y la abuela no paró de agradecerle a la Virgen por haber vuelto sanos y salvos.

El tío Jorge se enteró al día siguiente. Su reacción fue igual a la mía: nos habíamos quedado sin conocer la ciudad carioca y no se vislumbraba otra oportunidad.

Mamá y el capitán no pasaron de las sonrisas, pero César y yo seguimos nuestra amistad por carta, algún llamado telefónico y visitas estivales, durante las cuales intercambiábamos libros, ya no sólo de piratas.

Pasaron los años, me recibí de abogado y —a través de una amiga de mamá— entré a trabajar en un estudio jurídico. Con poca experiencia y de forma imprevista, una mañana tuve que asistir a un cliente del estudio en un juicio laboral, contra una compañía naviera, por su despido.

Mientras esperábamos que nos convocaran a la audiencia, aproveché para conversar con el señor Morales sobre los detalles de su expediente. La espera resultó larga y la conversación fue derivando, hasta que él comentó que había comenzado su carrera, como práctico, veinte años atrás, en el viaje inaugural del crucero Alberto Dodero. ¿Cuántas posibilidades existían de que se produjera semejante coincidencia? Al comentarle que mamá y yo fuimos pasajeros de ese viaje, Morales me confesó que él le advirtió al capitán, en tres oportunidades, que el barco estaba demasiado cerca de la costa y que se corría el riesgo de que pasara lo que efectivamente sucedió. El capitán fue despedido después de aquel episodio y en el ambiente naviero no se supo más de él.

La audiencia fue un éxito y Morales ganó el juicio. El tío Jorge dejó la lotería y se dedicó a las carreras de caballos, con malos resultados.

A fines de este año me caso y decidimos que la luna de miel será en Río de Janeiro, pero iremos en avión.

La conciencia tranquila

Los viernes a Elvira le gustaba bajar al bar, construido junto con el edificio en la década del sesenta. En general se llevaba un libro.

Una noche otoñal, fue después de cenar. Apenas pidió el café, vio que entraban dos hombres jóvenes, con cara de pocos amigos. Decidieron sentarse en la mesa de al lado. Ambos estaban vestidos de forma similar, con ropa muy informal, que merecía un buen lavado, al igual que ellos. Parecían hermanos o primos.

Elvira trató de enfrascarse en la lectura de una novela, pero era casi imposible no escuchar la conversación de los extraños.

—Lolo, te digo que ya sé cómo desactivar la alarma. Entramos y salimos en dos minutos. Con lo que hay en la vidriera y en los mostradores nos sobra. Lo mejor son los relojes. Ni debe tener caja fuerte y mañana a la noche sería lo ideal. Cuando cierra el bar, queda a oscuras.

—Entendeme Tato, yo salí hace poco. Si nos agarran y tengo que volver adentro, me vuelvo loco…

Elvira tuvo que hacer un esfuerzo para no mirarlos y fijar la vista en el libro.

—Yo te entiendo, pero quedate tranquilo que no puede fallar. Pensá que salimos y nos vamos directo a lo del Polaco. Le dejamos todo y él se encarga.

—Bueno Lolo, me juego porque sos vos.

Elvira vio que el otro asentía y pedía la cuenta. Nunca registraron su presencia.

No podía creer la torpeza de los ladrones de sentarse a hablar ahí sobre el robo de la joyería que estaba al lado del café y que era el otro local que formaba parte del edificio. Pero ahora tenía la responsabilidad de haber escuchado esa conversación. Pensó en ir a la comisaría a hacer la denuncia, pero calculó que, dado su carácter de octogenaria, no le harían caso. Lo mejor era avisarle a Ovidio, su vecino y dueño del negocio. Eran las once de la noche pero el tema era urgente.

La atendió el joyero, que sonaba bastante dormido, pero en cuanto Elvira empezó a relatarle la escena del bar, se despabiló y la escuchó atentamente.

—Qué barbaridad Elvira… Coincido con usted. No sabe cuánto le agradezco su llamado. A primera hora voy directo a hablar con el comisario, para que los atrapen con las manos en la masa —dijo Ovidio, envalentonado.

Ella se fue a dormir con la conciencia tranquila, de la buena vecina y ciudadana, que no se había quedado de brazos cruzados ante el anuncio de un delito.

Elvira pasó el fin de semana en casa de su hermana, en la zona norte. Volvió el domingo a la noche, pero llegó a ver que la puerta de vidrio de la joyería estaba reemplazada por tablas de aglomerado y cruzada por cintas policiales.

Cuando se levantó ese lunes, decidió hablar con su vecino.

—Y Ovidio, ¿los atraparon? ¿Pudo salvar la mercadería? Vi que le rompieron la puerta.

—Ay Elvira, ¿puede creer que la policía no me dio crédito? Pero gracias a usted, saqué la mercadería de valor, así que sólo se llevaron la *bijouterie* y los relojes de imitación. De todas formas, estoy tranquilo porque la compañía de seguros me cubre por el total. Cuando quiera pase y se elige una linda pulsera.

Ovidio había sonado entre sereno y contento. Elvira colgó y se quedó incómoda ante la actitud del joyero.

Por casualidad, esa tarde la llamó su hermano, que era abogado, y le contó lo sucedido.

—Elvirita, querida, conociéndote sé que te quedaste con la tranquilidad del deber cumplido, pero tu vecino nunca fue a la policía, sacó las joyas verdaderas y se dejó robar. Debe haber festejado con *champagne*, porque su «negocio» fue que lo robaran y hacerle pagar todo al seguro. Es un fraude muy habitual, aunque por tu relato, en este caso el robo existió. Es increíble la inexperiencia y estupidez de los ladrones, que ya caerán en la próxima que intenten. Si en un tiempito lo ves contento a Ovidio es porque cobró. Ya me contarás.

Elvira se sintió tonta, ingenua, pero no se arrepentía de haberle avisado al joyero. No dudaba de lo que dijo su hermano, más bien era un problema de conciencia de su vecino. La suya estaba en paz y decidió que iría a elegirse una pulsera de oro.

Sin dudamente

Era un lunes a la mañana y como llegaba tarde, decidí cortar camino por la Galería Güemes, que me encantaba. Fue una mala idea porque vi una escena por demás incómoda y desagradable: el marido de una conocida en compañía de una desconocida, sentados en el bar dentro de la galería. Él tenía su mano derecha tomando la de la señorita, sobre la mesa. Me vio y bajó la mirada con vergüenza.

Seguí caminando por el pasillo, con su incomodidad a cuestas. Su mujer y yo habíamos sido amigas en otra época, pero hacía tiempo que teníamos un contacto muy esporádico, por no decir ninguno. Si el matrimonio se hubiera separado, me habría enterado por terceros y él no hubiera bajado la mirada como lo hizo. ¿Debía hacer algo al respecto? ¿Podía? ¿La duda era moral, fáctica, propia o ajena? En el momento no decidí nada, pero tenía un problema nuevo: mis propias dudas. La situación fue un disparador.

Estaba en una edad en la cual viejas estructuras se habían caído por distintas razones. Todo indicaba que de joven, o al menos antes de ser madre, tenía demasiadas certezas, sin saberlo. El nacimiento de un hijo genera la falta de certidumbre de toda índole, desde si está respirando con normalidad mientras duerme, a si llegará a ser un adulto bien formado, con capacidad y oportunidad de ser feliz, nada menos. Todos los días se duda de cada decisión sobre su crianza, con la sola convicción de que uno —como progenitor— sólo desea su bienestar. Todo el tiempo aparecen las dudas internas: ¿Podré? ¿Debería? ¿Lo exijo demasiado? ¿Lo malcrío? ¿Es mejor que aprenda ajedrez o chino? Si lo dejo hacer tal o cual deporte, ¿se lastimará? ¿Su comportamiento es normal para su edad? ¿Será el abanderado o el mejor compañero o nunca será ninguna de las dos cosas? Si no elige una profesión, ¿es un fracaso de los padres?

Uno apuesta a la pareja y —salvo que se tenga una profunda convicción religiosa— siempre existen dudas, que fluctúan con el paso de los años. ¿Llegaremos juntos a viejos? ¿Siempre me fue fiel? ¿Me sigue queriendo o es acostumbramiento?, por nombrar algunas.

Sería ideal que no se dudara de los padres, de los hermanos, de los tíos, de los abuelos, de los primos. Pero los lazos familiares no son garantía de nada. Ofrecen tantas dudas, desilusiones o sorpresas como el resto de los vínculos, ya sean amistades de toda la vida, recientes, compañeros de trabajo o simples conocidos. Alguien dijo: «En caso de duda, no suponga, pregunte». Me atrevo a reformular esa frase: «En caso de duda, dude y pregúntese por qué duda».

La duda ha sido pensada y estudiada desde tiempos inmemoriales. Aristóteles sostuvo: «El ignorante afirma; el sabio duda y reflexiona». Pero las dudas filosóficas sobre la existencia, el sentido de la vida y la muerte, son temas demasiado importantes para hablar en serio, parafraseando a Oscar Wilde[29].

Es muy notable cómo el tema de la duda ha sido abarcado por la literatura y el cine, adjudicándole una serie de atributos, con abordajes muy diversos. Algunos ejemplos: fe[30], beneficio[31], herramienta[32], sombra oscura[33], filo[34], elogio[35], edad[36], arte[37], drama[38], oficio[39], río[40], virtud[41], maleficio[42], semilla[43],

---

[29] «La vida es demasiado importante como para tomarse en serio», dijo Oscar Wilde.

[30] *Sólo se puede tener fe en la duda. Pensamiento concentrado para una realidad dispersa.* Jorge Wagensberg. Tusquets Editores.

[31] *El beneficio de la duda.* Volumen 23 Calambur Poesía. Ferrán Gallego Margaleff. Editorial Calambur.

[32] *La duda, el sentido común y otras herramientas para escribir bien.* Ramón Alemán. Editorial Libros.com

[33] *La sombra oscura de la duda.* Sienna Anderson. Editorial Vestales.

[34] *En el filo de la duda.* Randy Shilts. Ediciones B.

[35] *Elogio de la duda.* Victoria Camps. Editorial Arpa.

[36] *La edad de la duda.* Andrea Camilleri. Editorial Salamandra.

[37] *El arte de la duda.* Gianrico Carofiglio. Marcial Pons Editor.

[38] *La duda, drama en tres actos y en prosa.* José Echegaray. ForgottenBooks.

[39] *El oficio de la duda.* Esther Charabati. Ediciones Felou.

[40] *El río de la duda.* Theodore Roosevelt. Ediciones del Viento.

[41] *La virtud de la duda.* Gustavo Zagrebelsky. Editorial Trotta.

[42] *El maleficio de la duda.* Ariel Capone. Jp Libros.

[43] *La semilla de la duda.* Mila Román. Ediciones Letra Clara.

metódica[44], razonable[45], reflexión personal[46], sombra[47], «la duda»[48], a secas.

No me atrevo a nada con la cuestión de la fe, que es una duda en sí misma; una reflexión personal que no tiene edad y algunos consideran una virtud. Sí me animo a asociar: beneficio, filo y razonable, porque en caso de duda, se presume la inocencia del acusado[49]. No dudo que puede ser un drama, que te persiga como una sombra y un maleficio, como sucede en *La decisión de Sophie*[50].

---

[44] «La credulidad es el atributo de los ignorantes, la decidida credulidad el de los sabios a medias, pero la duda metódica es de los de los hombres instruidos», dijo Albert Camus.

[45] *Duda razonable.* (2014) Protagonistas: Samuel L. Jackson, Gloria Reuben. Película canadiense, thriller psicológico.

[46] «La reflexión personal, la cual se expresa con la duda, la declaración de los deseos y las frustraciones y con la expresión de críticas», dijo Alejandra Pizarnik.

[47] *La sombra de una duda.* Película dirigida por Alfred Hitchcock, protagonizada por Joseph Cotten y Teresa Wright (1943) Título original: *Shadow of a Doubt*.

[48] *La duda.* María Reimóndez, XIV Premio de Novela por entregas. *La Voz de Galicia*.

La duda. Pía Valentinis. Infantil. Libros del Zorro Rojo.

La duda. Ángeles Saura. Galaxia Gutumberg. Círculo de Lectores.

La duda. Margalit Mattiahu. Cuentos. Edición de Santiago Trancón. Hebraica Ediciones.

La duda. Título original; *Doubt*. Película protagonizada por: Meryl Steep, Philip Seymour Hoffman, Amy Adams. Basada en la obra ganadora del Premio Pulitzer de John Patrick Shanley (2008).

[49] *12 hombres en pugna.* Título original: *12 angrymen*. Película estadounidense de 1957 dirigida por Sidney Lumet y basada en el guion para televisión de título homónimo escrito por Reginald Rose, protagonizada por Henry Fonda y Martin Balsam.

[50] *La decisión de Sophie*, película británica-estadounidense dramática de 1982 escrita y dirigida por Alan J. Pakula y protagonizada por Meryl Streep, Kevin Kline y Peter MacNicol.

Reflexiono y se me ocurren otros términos —personales y dudosos— sobre el tema: traición, desengaño, tristeza, negación, ilusión, dolor, amistad, amor, crecimiento, autoconocimiento, pasado, presente, futuro…

Releo la enumeración y noto que —sin premeditación— podría haber una concatenación entre los términos y el hilo conductor sería la duda.

Si uno duda sobre si fue traicionado, puede implicar un desengaño, que conllevará tristeza o negación o la ilusión de que haya sido un error o asumir un gran dolor, que pudo haber sido causado por una amistad o por un amor, en el pasado, en el presente y nadie está exento de que le suceda en el futuro.

Las dudas importantes deberían implicar un crecimiento, un mayor autoconocimiento. ¿Y si uno duda de uno mismo? La falta de autoestima puede generar montañas de dudas que deriven en el error o en la inacción, por ejemplo. Hay personas para las cuales la duda permanente es un calvario y ese puede haber sido el caso del marido y la desconocida en el bar de la galería.

Marguerite Duras sostuvo: «En la vida llega un momento, y creo que es fatal, que no se puede escapar, en que todo se pone en duda: el matrimonio, los amigos, sobre todo los amigos de la pareja. El hijo no. El hijo nunca se pone en duda…»[51].

Espero que no aparezca ese momento. No quiero, aunque si se presenta, será inevitable y no podré escapar. Pero coincido con la escritora acerca del hijo

---

[51] *Escribir*. Colección Fábulas. Tusquets Editores.

y con mi hermana que, en la edad de todas las certezas posibles, hubiera dicho: «sin dudamente».

La compañerita de banco

Recuerdo que mamá solía criticar mi dedicación a la amistad. Le parecía exagerado el tiempo que pasaba con mis amigas, injustificado, como si fuera una causa perdida de antemano.

Ella siempre tuvo pocas amigas, por la simple razón de que su mejor amiga era su hermana. En general, rechazaba llamados e invitaciones de una forma que a mí me escandalizaba.

Durante la infancia, pero sobre todo en mi adolescencia, se opuso abiertamente a determinadas amistades. Tuvo razón con unas cuantas, no con todas. Paradójicamente, las que más le desagradaban fueron las que permanecieron en mi vida y aquellas por las que ponía las manos en el fuego, ya no están.

Ahora llegué a una edad en la que las amigas que quedan son las importantes, las que han estado desde un principio y permanecen. Gracias al cielo, me sobran los dedos de una mano para contarlas y para mí es un motivo de orgullo; es el resultado del tiempo invertido en ellas. Algo debo haber hecho bien. Así como soy incapaz de hacer tortas o de dibujar un árbol, siempre fui muy buena con el tema de la amistad.

La última década se encargó de pasar una suerte de aspiradora por mi círculo social, sin que yo lo provocara o tuviera ningún control, en la mayoría de los casos.

Algunas amigas han vuelto con los años, por voluntad propia, así como habían desaparecido. No todas fueron bien recibidas. La lista de las ausentes es larga, y la verdad es que sólo extraño a un par, no más.

Confieso que en algunos casos me causa curiosidad pensar qué recuerdan ellas, qué explicación se dieron a sí mismas cuando abandonaron el vínculo.

Pero cuando volví a cambiar de década, no me resigné a no hacer nuevas amistades. Lo intenté, lo logré por un tiempo y —por enésima vez— la decepcionada fui yo.

Había abandonado la tarea, por cansancio, cuando la rutina escolar y social de mi hijo me obligó a interactuar con las pares, para abrirle puertas a él, no a mí. Con bastante esfuerzo obtuve cierto éxito, que incluyó una nueva amistad. Me entusiasmé, para qué negarlo. Ella era un poco menor que yo, pero lo que me llamó la atención desde un principio —y me resultó conmovedor— fue su actitud adolescente, que era natural y permanente.

Pude haber evitado que creciera la amistad, pero cuando tuve conciencia de esa posibilidad, ya era tarde.

La pura verdad es que estaba encantada con esa suerte de personaje de «compañerita de banco de colegio» que ella representaba, sin saberlo. Mis circunstancias de vida en ese momento colaboraron por demás para intensificar el vínculo, que —visto a la distancia— tal vez fue idealizado por necesidad.

Las confidencias eran mutuas, intensas, íntimas. Las miradas cómplices, los códigos espontáneos.

Le hablé de mi lado oscuro, de mis defectos, de mis debilidades, de casi todo lo que sé sobre mí, que es demasiado en comparación con lo poco que saben los demás sobre ellos mismos, incluyéndola. Me parecía que ella buscaba complicidad, consejo, compañía, una suerte de hermana mayor a quien pudiera mostrarle que podía ser una mejor versión de sí misma, madurar tal vez.

Aquel año, la que cambiaba de década era ella y —motivada por un comentario suyo— me animé a escribirle unos versos, como regalo de cumpleaños, aunque estaba fuera de práctica con el género, al que nunca me dediqué. Fue una mala idea. Me llevó un largo tiempo darme cuenta. La sola entrega de aquel regalo demostró que mi amistad era genuina, profunda, duradera. Su primera reacción fue pura emoción, muy cariñosa, lo esperable en ella. Su segunda reacción fue de rechazo, inconsciente, por el compromiso afectivo que le representaba nuestra amistad, que la excedió desde todo punto de vista.

Al día siguiente, sin más, comenzó un largo y penoso proceso por el que ella se fue alejando, mientras se las ingeniaba —de las formas más diversas— para hacerme sentir una mujer grande haciendo pavadas escolares.

En la escuela primaria, los pupitres eran individuales. A los seis años me operaron de la vista y comencé a usar anteojos. Siempre me senté en la primera fila, para poder ver el pizarrón. Pero tuve una suerte enorme con mis compañeras, varias de las cuales permanecen en mi vida, incluyendo a mi mejor amiga.

El colegio secundario fue una tortura en general, con sólo trece chicas que formaban un grupo dividido, desparejo y aburrido. Mi visión nunca mejoró, por el contrario, por lo que me sentaba sola en el primer banco, que en realidad era para dos. Que recuerde, el tema no se trataba de que ninguna se quisiera sentar conmigo, sino que en el primer banco nadie se podía copiar y toda charla o papelito era notado de inmediato por las profesoras.

En las filas de atrás se escuchaban risas y se compartían códigos de todo tipo con la compañerita de banco.

Creo que en ese entonces el rubro no me interesaba particularmente. Me tomó nada más que treinta años darme cuenta de que sí me hubiera gustado, de que me olvidé de pasar por esa etapa cuando era el momento indicado.

Claro está que toda esta cuestión tardía era un problema mío y no de ella. En realidad, su problema era el inverso y consistía en que no se quería dar por enterada de que esa etapa había terminado en su vida unos veinticinco años atrás.

Todas recordamos que, a lo largo de la escuela secundaria, tuvimos épocas —por no decir días— de amor/odio con más de una amiga/compañera. Si en la adolescencia el tema fue insoportable, en la plena adultez era entre inadmisible y vergonzoso.

Fue muy notable la facilidad con la que ella desenterró ese capítulo de mi vida, que yo no podía recordar por no haberlo vivido como correspondía. Sin darme cuenta, la dejé abrir esa caja de Pandora y ver casi todo lo que había adentro.

En ese entonces, fue difícil no tomar ciertas actitudes suyas a título personal; tratar de entender que había inmadurez e incapacidad de una parte versus exigencia e hipersensibilidad de la otra. En algún momento, y en forma introspectiva, me hice cargo de lo que me correspondía. Ella no pudo o no quiso o no supo hacer lo propio.

Hice algunos intentos por reflotar la amistad. Sus reacciones y respuestas garantizaron mi alejamiento.

El receso escolar ayudó con la ausencia, aunque el verano fue un infierno personal, por razones familiares, de padres y hermanos.

Para cuando nuestros hijos comenzaron el siguiente ciclo lectivo, quedó claro que el vínculo sólo se limitaba al protocolo escolar. Ese año fue eterno, desde todo punto de vista. La incomodidad se había transformado en desinterés, que es algo que no tiene ningún arreglo, a ninguna edad.

Al año siguiente, ella resolvió volver a zona sur, su lugar de origen y se mudó. Hubo una reunión de despedida a la que no fui, dando una excusa. También hubo una reunión para mostrar su casa nueva, a la que tampoco fui porque coincidió con el día del cumpleaños de mi mejor amiga, que era más importante, sin duda.

Yo sé que la extrañé durante bastante tiempo. Nunca sabré cuál es su versión, sincera, de este mismo relato.

Han pasado unos años desde entonces. No he vuelto a hacer nuevas amistades. En general, mamá tenía razón.

Microrrelatos

Índice

L' Interdit

El café se enfriaba. No podían mirarse. Si se miraban, todo quedaría dicho. No podían hablarse. Si se hablaban, todo quedaría roto. No podían tocarse. Si se tocaban, todo sería infierno. No podían tomar el café, de todo lo prohibido.

Una noche en el tren

El tren se detuvo, en plena noche, en pleno frío, en pleno campo. Ella despertó y supo que estaba sola. El tren retomó su marcha y ella, su sueño, en el que la máquina se detenía y ella despertaba, para siempre.

La esquina de las flores

Ella era joven, elegante. Él decidió seguirla, no la podía dejar pasar. La interceptó en la esquina. Ella rechazó todos los cumplidos y las invitaciones. Él le dijo que al día siguiente la esperaría ahí mismo, a la hora que no se debía, con un ramo de flores. Ella no dijo nada. Él se fue confiado y volvió como le había prometido. Ella estuvo y lo espió, a escondidas, decidida a no enfrentar su propio destino.

No house

Los dos hijos jugaban alegres en el jardín. Se fueron alejando, hasta adentrarse en el bosque y llegar al arroyo. Al caer el sol, ya cansados, encontraron el camino de vuelta a la casa, que ya no estaba.

La suposición

Suponía que el teléfono no iba a sonar. ¿Y si llamaba? ¿Atendería? ¿Qué resultaría más doloroso? ¿Podía soportar escuchar su voz del otro lado? ¿Quería hablarle? Ya había pasado lo peor. ¿Cuál era la ilusión en realidad? Nada iba a cambiar a esas alturas. Debía olvidar. ¿Era capaz? Sus propios pensamientos eran su cárcel, una prisión no elegida. El silencio era ensordecedor, tanto como el insomnio. Decidió salir, para perderse entre la nada del afuera. El teléfono sonó.

Spleen

Las horas y los días transcurrían sin que su ánimo lo notara. No podía. El *spleen* se había adueñado de su cuerpo, de su mente. A veces era la versión inglesa. Otras, brotaba en alemán. No le importaba la concepción de los griegos. El gran problema era en las noches, cuando aparecía la esencia, la de los franceses. Cómo odiaba a Baudelaire, capaz de dedicarle un libro entero al tema. Parecía que la única cura posible era la locura.

Frente a un espejo

Se paró frente a un espejo viejo y sucio. La imagen era difusa, brumosa. Era cuestión de limpiarlo. No pudo. Tal vez no quería ver en sus ojos, que ya no eran niños, el futuro.

Las armas verdaderas

      ¿Cuáles son las armas más letales? ¿Las de fuego? ¿Las cortantes? ¿Las que vuelan? ¿Las que se sumergen? ¿Las inventadas en laboratorios? Si la muerte ha de ser física, cualquiera servirá. Pero si la muerte ha de ser de las más temidas, ya sea de la mente o del alma, tan sólo con la palabra, el silencio, la indiferencia o el desamor bastará para despertar al verdadero monstruo interno que autodestruye: el miedo.

El enojo ausente

En la peor época de su vida, todo en ella era tristeza y angustia, que sólo lograba reflejar como enojo, aun con los más queridos. ¿Por qué ellos se empecinaban en verla enojada? ¿No soportaban ver el duelo? ¿No le permitían el silencio? El enojo era fácil, un viejo conocido, como su seriedad, su potencia, su eficiencia. Tan necesario era para los demás, que hasta le dijeron que tenía cara de mala. Pero esa vez no se enojó. Hizo algo mejor, lloró.

El olor de los recuerdos

Una de las cosas que más extrañaría cuando ella ya no estuviera sería su olor personal. Siempre había tenido un rico olor, que emana de adentro. Quedaría impregnado en algunas de sus prendas, pero sólo serviría de consuelo por un tiempo.

Más importante sería el recuerdo del olor cuando me peinaba, me daba un besito, me ayudaba con la tarea, me buscaba a la salida del colegio, cuando se enojaba y me retaba, o me hacía un café antes de un examen, cuando aplaudía los logros y consolaba las decepciones, me recomendaba un libro o me hablaba de su abuelo, cuando me hizo escuchar *bossa nova*, me mostró el cine y su poesía, hasta el último momento.

His smiling face

Las cinco de la tarde era la hora más importante del día. Ella se paraba en la puerta y esperaba ver su carita, siempre sonriente. Él salía, buscándola con la mirada y los brazos abiertos, listos para encontrarla. Era un momento único, que hacía soportable todo lo demás.

Que is, que venís

Había nacido mi hermana. El pediatra dijo que mi ánimo, de los tres años, estaba deprimido. Mamá ya no era mía. Yo protestaba porque todo el tiempo me tenía de acá para allá.

Parece que un día me cansé. Ella me contó que una tarde tomé una toalla, puse adentro toda mi ropa interior y fui hasta la cocina, con mi paquetito entre las manos para decirle: «Me tenés *porira*... Todo el día que *is*, que venís. Me voy a lo de los abuelos».

Me miró entre incrédula y divertida. Yo abrí la puerta del departamento, que daba al *hall* de entrada del edificio. Después abrí la puerta de calle y empecé a caminar hacia la avenida. Mamá me seguía, primero a escondidas. Cuando doblé la esquina y me perdió de vista, corrió y me detuvo: «¿Adónde crees que vas?», preguntó. «Te dije que me iba a lo de los abuelos, que es para allá», contesté señalando la siguiente esquina. Mamá me tomó de la mano y volvimos juntas a casa.

Mientras me preparaba tostadas, prendió el televisor porque era la hora de «El Capitán Piluso». Mi hermana dormía. ¿Habrá sido así como me lo contó? ¿Lo habrá soñado? ¿Lo habré soñado? No importa, porque siempre adoré el relato.

Cuestión de estado

No quería estar en ningún lado. Sólo soportaba la presencia de ellos dos, los suyos, de a ratos. Apenas se toleraba. No iba a mejorar. Faltaba lo peor, que sería todo. Quería dormir y no soñar. Necesitaba llorar, pero no podía. Trataba de hablar y algunos escuchaban. Otros habían desaparecido. Los rezos eran inútiles, como la esperanza. La próxima sonrisa verdadera le parecía imposible, por lejana.

Jaque mate

Cuando cumplí un año, mi tío abuelo era el almirante. Sus vacaciones estivales transcurrían en la base de Puerto Belgrano y allí fuimos invitados. Mamá se esmeró en el vestuario de todos, particularmente en el mío, que debía estar de punta en blanco todo el día.

Una señora le preguntaba por la mañana cuál sería el menú de la niña para el almuerzo y la cena. Otra señora le pedía que le entregara cualquier prenda que debiera ser lavada o planchada. Otro señor le preguntaba cómo le gustaba el café y si deseaba tomar el té en el comedor o en el jardín.

Mientras, papá y el almirante jugaban al ajedrez en la galería. Durante una de esas partidas, interminables, yo deambulaba con mamá alrededor. El tío abuelo anunció «jaque mate» y me largué a caminar en ese momento.

Décimo aniversario

¿Sabés qué quiero que me regales para nuestro décimo aniversario? Un ramito de flores; que me digas que estoy más linda que cuando me conociste, porque maduré; que me mires como me miraste aquella primera noche; que me beses como si fuera un descubrimiento; que ambos digamos que hace ocho años nos hicimos el mejor regalo posible que fue nuestro hijo; que me abraces sin decir nada, porque el abrazo habla solo; que me tomes de la mano, como hacen los adolescentes; que los dos recordemos la suerte que tuvimos en conocernos y que nos volveríamos a elegir; que vas a estar parado a mi lado, sosteniéndome en los tiempos que se avecinan; que seguiremos avanzando juntos, en los días buenos y en los malos; que cuando cumplamos veinte años juntos me llevarás a París y que cuando cumplamos treinta haremos una fiesta, a la que quizás venga nuestro primer nieto; que nos vamos a cuidar cuando seamos viejos malhumorados y que al final lo importante será el recuerdo de todos los momentos felices que vivimos juntos, queriéndonos.

Breve encuentro

Habían quedado en verse en el Santiamén, a la incómoda hora de las siete de la tarde. A ella le encantaba ese café. A él no, pero igual accedió. Ella llegó antes, se sentó y pidió un té. Tenía frío, pero del que va por dentro. Había imaginado la conversación una y mil veces.

Él apareció tarde, como siempre. El saludo fue seco, cortante. Se sentó y pidió un *whisky*. Evitaron las miradas directas. La ventana, hacia la calle, parecía el destino de los ojos de ambos. Era la primera vez que se veían desde que él había dejado la casa. Ella tenía para decirle todo lo que no pudo la noche que se fue, a sabiendas de que sólo serían reclamos.

Él no quería decir nada ni tenía intenciones de escucharla, porque sería parte del mismo rechazo por el que había decidido abandonarla. Cuando vio sus ojos húmedos, no lo soportó. Sólo murmuró que se iría de viaje por un tiempo, para probar suerte en el sur, junto a su hermano. Ella asintió, tratando de contener las lágrimas. Él pagó y se fue con una excusa. La dejó allí sentada, con su té helado.

El roble y los pinos

Esa noche debían coincidir en una reunión. Serían unos cuantos, no haría falta que se esquivaran, en teoría. Podían ocupar asientos lejanos, que no garantizaban las miradas y las risas intermedias, siempre a favor del otro.

A pesar del paso de los siglos, el simpático —que se cree gracioso— es más festejado que el más interesante, quien en verdad tiene cosas para decir, a veces con ironía pero siempre con la verdad. Los mediocres quieren quedar bien, aunque se rían a destiempo o festejen comentarios que por debajo son maliciosos, direccionados. La ironía es un mecanismo de defensa, la hipocresía no.

El problema es que, en un bosque repleto de pinos, un roble molesta, es demasiado distinto. En general el roble se siente bendecido por la diferencia, pero a veces le ganan por cansancio, por cantidad, en especial en los días de lluvia. Los pinos no pueden ni quieren parecerse al roble y viceversa. Con los años, los pinos son talados y el roble envejece, con su experiencia a cuestas, pero quedándose solo en el bosque.

A él la soledad no lo envolvería aquella noche.

El regreso del exilio

Recuerdo aquella cena, tan esmerada, tan teñida de su despedida, hacia un exilio que no eligió, que le impusieron, al que respondió con el instinto atávico de lo maternal y marital. Como cualquier desarraigo, era cerca, lejos, con promesas de visitas y reencuentros, con su duelo sobre la piel.

Qué curioso cómo un exilio puede suceder a pocas cuadras, a millones de años luz o por la ausencia del otro.

Fueron dos años en una ciudad de viento, de largos inviernos, de otras voces, otros ámbitos. Lo social fluyó en ella, como podía suponerse, brillante, aunque fue la que menos se adaptó a los tiempos vacíos, al silencio…

De repente llegó el momento de volver, con la familia intacta, a su casa apenas estrenada antes de la partida. Quería irse de allí, pero no del todo. Quería volver acá, pero no del todo. Simplemente era otra, el viento la había cambiado.

Fueron pocos los que la acompañaron durante el viaje y la esperaban a su vuelta, aunque cambiados por otros vientos. Atrás quedaron los que sólo pasan por la vida, un rato, sin dejar marca, los que tuvieron otros destierros, otros destinos. Sólo era cuestión de retomar su vida, con la nueva versión de casi todo.

La respuesta

Dos invitados a la reunión de fin de año, organizada en la casa de fin de semana de la familia, discutían acerca de la existencia de Dios. El más joven le preguntó al otro: «¿Dios existe?».

El niño, que andaba por ahí buscando un juguete perdido, escuchó la pregunta. Se paró frente a ellos y contestó: «Cómo no va a existir, si tiene nombre».

Los incapacitados

Las experiencias de aquel año la obligaron a revisar casi todo, empezando por ella, la familia, los demás, los ausentes, los que huyeron, los que desaparecieron, los que no respondieron, los que no volvieron, los que quedaban y los que vendrían.

No era la primera vez que se detenía a pensar en cuántos vínculos, de distinta índole, había tenido con personas que no podían lidiar con ellas mismas. Fueron hombres y mujeres marcados por lo raro, lo roto, quizás nunca construido o demasiado remendado. Parecían personajes con incapacidades diferentes o similares. Unos cuantos no habían sido malos o prefería creer que su falta de bondad tenía que ver con su propio desamor. No era un descubrimiento el entender que nadie puede dar lo que no tiene. Pero la paradoja era que aquellos que padecían una discapacidad certificada, tenían todo para ofrecer, para querer, para tolerar.

Los incapacitados iban por la vida, aferrándose a la nada o a los que trataban de sostenerlos, un poco, de a ratos, hasta que no podían soportarlo más. Sería cuestión de aprender, de una bendita vez, a reconocerlos desde un principio y evitarlos, aunque tenía la esperanza de que el duro entrenamiento vivido la ayudaría con los certificados.

Al calor del hastío

Estaba aburrida, quizás porque nada de lo que debía ocuparse le interesaba o entretenía. Parecía que el aburrimiento era parte de la melancolía que se instalaba cuando empezaba el calor y se quedaba hasta que volvía el frío. Se supone que una mujer siempre encuentra con qué entretenerse. En realidad, si una trabaja, casi no queda tiempo para todo lo demás. Pero estar ocupado no es antónimo de estar aburrido. Casi que envidiaba a las personas que eran capaces de pasarse el día entero sin hacer nada útil, pero entretenidas, al menos en apariencia.

Siempre se había aburrido con facilidad, pero el verano parecía potenciar ese defecto. Le irritaba que la gente adoptara una actitud de alegría y entretenimiento permanente durante los largos días estivales, como si siguieran un mandamiento que estableciera: «Si hace calor, hay que estar alegre y divertirse». Tal vez fuera aplicable a los niños, pero no a los adultos.

Conocía a varios que se iban para la época de las fiestas de fin de año a la costa y volvían el primero de marzo, fecha que para ellos era el comienzo de todo. Con el tiempo descubrió que algunos de esos personajes odiaban esa rutina tan bucólica y llena de mantenimiento de casas con pileta o carpas y sombrillas. De hecho, lo vivió en carne propia, en su adolescencia, en la casa de playa de la familia.

Enero era lo más eterno que había visto en su vida. Cuando promediaba, todavía faltaba un siglo. ¿Prefería estar encerrada en un departamento? Algún que otro día, sí. ¿Prefería la rutina del club a la playa? Día por medio, sí. ¿Prefería trabajar y tener pocos días de vacaciones? Estar sola en la ciudad era un tema en sí mismo. ¿Y entonces? Y entonces, cuando pudo elegir, viajó, por ejemplo. Y entonces, cuando se tiene un hijo, uno procura la mejor opción para él, dentro de las posibilidades. Y entonces, la casa en la costa es muy linda cuando son unos cuantos en la familia y siempre hay uno que se invita solo o cuando el grupo de la playa juega a las cartas hasta el atardecer y se tiene una vecina a la que se le puede tocar el timbre para hacer algo en las tardes de lluvia. Y entonces, todo aquello no fue, no pasó ni pasaría, como tantas otras cosas.

Paloterapia

La conversación fue extensa, a distancia, un cigarrillo tras otro. La mayoría de sus comentarios fueron certeros, casi letales. Yo escuchaba mientras tragaba el humo... sin digerir. Si yo soy su biógrafa, ella es la mía, desde los cinco años. Ella pudo visitarla, conversar, sugerir, ser sincera. Si no podía procesar la indigestión de su relato durante la visita, mal podía comprender los celos que me provocaba. Estaba tomando de mi propio jarabe: la exigencia. Pero ya habían sido demasiadas las veces que fui exigida, aún en el frente de batalla, en la primera línea y a sabiendas de que también era la retaguardia.

Mi amiga lo entendía, hasta donde podía, hasta donde puede entender otro, hasta donde pude entenderla a ella en circunstancias similares. Insistía con la pavita navideña, mezclada con el embalaje de los restos de una vida entera. Yo no podía con ninguna de las dos cosas.

Creo que a lo largo de este descomunal proceso pude mucho, aunque parece que sólo se lució la parte operativa. No logré que se viera el calvario. Parece que no logro que vean que sigo funcionando, con pocos alicientes. Todo el tiempo soy Elsa, haga lo que haga, nadie ve a Ana.

Y tendré que enfrentar la mudanza número catorce, que me fue comunicada brevemente; y entender que, como hija, estaré en los últimos tiempos más cerca, porque él se asegurará de no estar, como hizo toda la vida. Yo sola sabré, después de que pase todo, el peso de mi conciencia de la breve visita navideña. Traté de defenderme. ¿De quién? ¿De mi amiga? ¿De mí misma? Tenía razón y había que hacerse cargo del espanto: estaba apurada porque termine la agonía, de la enferma, de la mía. Es insoportable. Lo fue desde el primer momento. No se puede luchar contra una enfermedad que no tiene cura. Pero ella lo hizo y ganó tiempo que no figura en los libros, durante el cual yo envejecí y seguiré envejeciendo por cada segundo que le quede.

Desde afuera parece monstruoso desear que falte poco. Yo siento que es piadoso para ella, para mí, para los que nos quedamos, porque ella siempre tuvo las puertas del Cielo abiertas, de par en par. Que Dios me perdone por querer que se la lleve, para no sufrir más.

El hermano mayor

Dicen que las mejores conversaciones tienen lugar entre la medianoche y la madrugada. Ésa no fue la excepción. La ocasión fue especial y su compañía era una de las pocas que me interesaba y soportaba por aquel entonces. Después del café se sacó los anteojos. Yo también. Escuchamos algunas canciones en francés mientras nos contábamos desilusiones varias, de aquel año, de la vida. Me atreví, con cuidado, a preguntarle por su soltería. El hermano mayor era la explicación. Con el dolor de la memoria instalado en el rostro, me relató que él había sido brillante, una mente privilegiada, becado para estudiar ese raro lenguaje que es el de los números. Hasta que una tarde quedó solo en la casa familiar de Belgrano y usó su propio cinturón para poner fin a su historia, a pesar del correcto diagnóstico y la medicación diaria. Ella tenía sólo doce años. Gracias al Cielo no tuvo que cargar con el recuerdo de la imagen, pero cargó con el hielo que le impidió distintos vínculos, sin saberlo a su debido momento. No sé si logré transmitirle cuánta semejanza había entre nosotras, aunque me parecía que yo había sido más audaz. Era tarde y se habían amontonado las cenizas de los cigarrillos. Le agradecí la velada y me fui pensando que ella estaba a tiempo de ser audaz, porque dentro de veinte años nos vamos a arrepentir mucho más de lo que no hicimos que de lo que hicimos, bien o mal, como decía Mark Twain.

El no lugar

Cuando uno no quiere estar en ningún lugar, ni en la propia cama, ¿adónde va? Si no es afuera, ¿es adentro? Afuera están ellos, todos. Adentro es peor, está uno solo, encarcelado en la propia mente, de la que no hay escape. Se puede dormir, pero en algún momento se despierta, físicamente. Tendría que existir un no lugar, secreto, sin plazo, al que uno pudiera ir y estar despierto, sin despertar.

La rambla

Tendríamos doce años, no más. Ese verano coincidimos, a pocas cuadras. Una tarde fuimos a jugar a la paleta en la rambla, cerca de los lobos. Hacía calor, pero no había nadie. La pelotita era de goma y picaba alto, mitad verde, mitad naranja. Las paletas, de madera, eran muy pesadas para nuestras manitos. ¿Cómo fue que nos dejaron ir solas? No me acuerdo. Supongo que volvimos a la hora que nos fijaron, calculada por mí. Tendríamos que tener una foto para recordarnos hoy. Ninguna tenía cámara porque era exclusiva de los mayores.

Facilidades

Hay personas que siempre encuentran espacio para estacionar en lugares imposibles, que consiguen talle y color en las liquidaciones, que les queda bien la ropa que está de moda, que son fotogénicos en circunstancias improbables, que viajan con millas acumuladas, que tienen parientes que viven en las ciudades más lindas del mundo, que nunca tienen un problema en la ruta o durante las vacaciones, que consiguen quien les preste exactamente lo que necesitan para la ocasión, que logran que sus médicos acomoden sus agendas a la de ellos, que tienen cupones de promoción para todo, que están espléndidos cuando de casualidad los encontrás por la calle, que todo lo que usan es último modelo, que no llaman o escriben y, por ende, uno está más pendiente, que no son conscientes de cuántos detalles facilitan sus vidas.

Así como toman con toda naturalidad tanta facilidad para casi todo, un día cualquiera dejan de hablarte sin motivo y uno nunca sabrá si fue personal, adrede, qué explicación se dieron a sí mismos —si es que se dieron alguna— porque ya no los volvés a ver por ningún lado, ni de casualidad, pero los recordás, cuando dejás tu auto a cinco cuadras de tu destino, cuando ves lo mal que salís en las fotos tomadas por profesionales, cuando te urge un estudio médico y el único aparato que lo hace en un radio de cien kilómetros está roto, cuando ahorrás durante años para hacer un viaje y el día de la partida tenés fiebre, cuando nadie te presta ni el vestido ni la cartera para la fiesta.

Ellos continuarán sus vidas, con sus rutinas llenas de detalles facilitados por el azar, ignorando el tiempo que les queda para todo y sin saber que existen estas líneas. Después de entender que la ausencia definitiva de estos personajes fue una bendición, uno seguirá adelante, remando contra las rutinas y los detalles entorpecidos por el mismo azar, con plena conciencia de la incertidumbre del tiempo restante para escribir otras líneas.

Edades

No hay una edad que sea fácil. La niñez debería ser un buen recuerdo, pero pocos han tenido el privilegio. En la adolescencia se adolece, de todo. La juventud parece eterna y se desaprovecha, mientras el adulto insiste en ser joven hasta una edad indeterminada, en la que un día toma conciencia de la finitud porque su adultez ya es mayor. En el mejor de los casos hay vejez, pocas veces combinada con salud y lucidez.

Hebilla

Cuando tenía cinco años, mamá peinaba mi pelo ondulado de costado, siempre hacia la izquierda y me ponía una hebilla «sapito», blanca, para que no desentonara con el guardapolvo. No recuerdo ni a la maestra ni a los compañeros, con excepción de mi primera amiga, que se dedicaba a jugar en los recreos con los demás, mientras yo me apoyaba en una columna del oscuro y enorme patio de la escuela centenaria. A veces me iba a buscar mi tía, que me espiaba desde una ventana y me veía tan tímida, apartada, protegida por la columna, pero con el peinado intacto hasta el momento de la salida. Ella le contaba a mamá que se me veía muy «hebilla». He tenido cientos de días en la vida en los que me he sentido así.

«*Adaptate*»

¿Dónde están todos? Se fueron y no volvieron. Viajan. Se mudan. Arman cajas. Me obligan al recuerdo. Observo. Me alejo. No hay invitaciones por debajo de la puerta. Tampoco invito. Recuerdo la canción «¿Dónde va la gente cuando llueve?». Me pregunto: ¿Y después de la lluvia? No fluye, no fluyo. Qué difícil es fluir. Cinco letras que conforman un verbo imposible. No debo ser la única. «Adaptate», me dijo ella al pasar. A veces puedo. Hoy no.

Pasajeras en tránsito

En la época de mi primer duelo anticipado, del alejamiento o desaparición de tantos, llegó ella, la nueva del grupo, con todos sus hijos, sus desarraigos y transiciones. Teníamos unas cuantas cosas en común. ¿Importaban? Podíamos conocernos o no. Yo decidí apostar una vez más y en aquel primer encuentro logró —sin saberlo— que le cediera el arte de escuchar y me dedicara al de contar. Me vi reflejada en sus anteojos, porque al igual que los míos, escondían las verdaderas miradas que hablan solas.

Me dejé llevar por viejos relatos, casi nostálgicos, mientras observaba la curiosa combinación natural de su pueblo natal con vuelos internacionales en *business* y la frescura que aporta alguien que fue bien criado lejos de la gran ciudad. Nacimos en el mismo año y tenemos la misma profesión. Fuimos perfeccionistas, partiendo de certezas e ideales que no se cumplieron porque uno vive como puede y no como quiere. Ambas estamos en la mitad de la década donde el Rubik fue desordenado y sus seis caras ya no lucirán igual aunque se rearmen. Ella merece un señor que le regale flores y le abra la puerta del auto, porque es ese tipo de mujer, aunque en este momento no lo sepa.

Yo querría que se quede un tiempo en mi vida, porque ya entendí que la gran mayoría de los vínculos son pasajeros, sin importar su antigüedad. Nos podemos ayudar, divertir, hacer compañía, enseñar y escuchar mutuamente, que sería casi todo lo que involucra una amistad.

Sin explicación

Se supone que los cementerios, con o sin *zombies*, los vampiros, los cuervos, las ratas, los fantasmas, los castillos medievales en noches de tormenta, la oscuridad, los caníbales en una isla desierta, las desapariciones y los monstruos, dan miedo; hasta pueden ser terroríficos. Para millones de personas, lectores, televidentes y cinéfilos es así. Durante años me asusté con cada cuento, libro, serie o película, pero fui obligada a descubrir que el terror es otra cosa, de un tamaño muy distinto, que no depende de lo externo. Por supuesto que ya lo dijeron los grandes, no hice un descubrimiento para la humanidad sino personal: el terror está en uno, bien adentro. Dichosos los que pasan por la vida sin sentirlo y sin saber de su suerte. Yo apenas conocía mi lado oscuro, cuando apareció, de frente, como un camión con acoplado que me pasó por encima. ¿Se puede explicar? Quizás sea tan inexplicable como qué siente una mujer durante cada día de los nueve meses de gestación, o alguien a quien le anuncian que le queda poco tiempo de vida, o aquél que quedó estropeado por un accidente. Quizás sea tan difícil como tratar de explicar lo que es estar enamorado a quien nunca lo estuvo, o el insomnio a quien no lo padece, o el abandono a quien nunca fue dejado de lado. Es como tratar de explicar la muerte, de la que nada sabemos. La mente busca defensas de todo tipo para representarlo. Puede ser una araña, el mar o la pava eléctrica. Detrás están la angustia, la ansiedad, el susto, la desesperación, la depresión, la tristeza. Pero el terror está más al fondo, más o menos a la altura del alma, que tampoco se puede explicar, por más que uno lo intente.

Cenizas

Hoy fuimos pocos. Salvo por dos o tres, seguro que te habías imaginado otro elenco. Qué importa si afuera estaba frío cuando uno ya estaba helado por dentro. Verte caer en la pira fue insoportable, aunque logré prender la vela, que guardaré y seguiré sosteniendo por ellos. No estás sola, estás con ella, como vos querías. Yo iré a visitarte, para conversar, como lo hicimos siempre y a pedirte que me escuches, me aconsejes, me retes, me ayudes, me alivies.

Old school

Después de varios intentos con resultados magros, perdí el interés. Sólo trato de adaptarme para sobrevivir a todo lo que queda y la única sonrisa que importa para decidir es la de él, no la mía. Los viejos parámetros y costumbres están mal vistos. Puertas afuera parecen que nutren a quienes no están nutridos por dentro, pero pretenden imponerse sin fundamento, o se limitan a ignorar o practican el viejo arte del comentario malicioso.

En estos tiempos observo, quizás demasiado, pero he escuchado a mis circunstancias y a unos pocos consejos verdaderos, bien dados. Somos pocos los que quedamos de la vieja escuela, pero es un consuelo saber que no soy la única, que un par acompañarán en este ciclo, aunque no estemos dispuestos a enfrentar los molinos, porque no son de viento, sino de humo.

Ain´t no sunshine when she is gone

Bajo este mismo árbol, en una vida anterior, levanté campamento ante la urgencia. En la práctica llegué y se salvó. ¿Habrá sido bueno? Todas las agonías fueron prolongadas. ¿Para qué? Si el final estaba escrito desde la primera página. Pero ella me dio su tiempo. ¿De qué? Si el presente es tan terrible como era de imaginar, pero distinto. «*Ain´t no sunshine when she is gone*», dice la canción, que no sabe que se refiere a ella y a otros más, que desaparecieron de repente, porque sí, con sus simples ausencias o con palabras y actitudes innecesarias.

«Es muy difícil acompañar en esta etapa», me dijeron. Costó entenderlo. No puedo explicar cuán complejo es acompañar desde la nada; tan difícil como querer y no poder estar acompañado después. Bajo este mismo árbol soporto ausencias, ignorancias, desplantes, pero valoro a ellos dos sobre todo y a los pocos que saben y se animan a estar, como pueden, en esta época.

Miradas

¿Cuántas miradas hay? Quizás no es la pregunta que más interese. ¿Cuántas miradas importan? Quizás sea la pregunta más precisa. La propia mirada, para empezar, sin duda. Adentro y afuera. Pocos lo saben o pocos se miran. La mayoría ve y no mira. Yo veo poco, pero miro mucho. Adentro y afuera. ¿Cómo no entender todo lo que dice la mirada? Es más difícil esconder y esconderse de la mirada que tratar de ocultarse en el desierto. Si la mirada sólo fuera sobre cuestiones amorosas, de cualquier clase, habría poco — por no decir nada— para agregar a los *siglos escritos* sobre el tema. Pero la mirada de la desesperación, del dolor, del infierno, de la lástima, del tiempo perdido, de la vergüenza, de la humillación, de la despedida, del terror, del otro plano, de la frustración, de la soledad, de la melancolía, de la incertidumbre, de la piedad, de la resignación, del olvido, de la impotencia, del recuerdo, de la verdad desnuda... Todas ellas todavía tienen varios *siglos escritos* por delante.

Conversaciones

Extraño sus conversaciones, que serán irremplazables, por la simple razón de que ella sabía conversar. Me enseñó y practicamos juntas, hasta el final. Tuvimos conversaciones que marcaron mi infancia, otras la adolescencia y miles ya como adulta.

En general se confunde conversar con charlar, discutir, tener frases ocurrentes, entretener a uno o más interlocutores. «La conversación es un arte efímero y privado», sostuvo Oscar Wilde. Privado, entre dos o más, seguro. Efímero, si se tiene en cuenta la lucidez o la muerte como condicionantes, también.

En esta época, si uno logra tener una charla cara a cara con otro, que al menos implique una escucha mutua y deje una sensación agradable, ya es un logro que la gente ni practica ni valora. Lamentablemente, me sobran los dedos de una mano para contar las excepciones a la regla.

Recuerdo nuestra última conversación, trasnochada, café de por medio en el bar equivocado, después de ver lo que quedaba en pie de Toquinho y María Creuza, que no era mucho. Con recordarla, por hoy me conformo.

Mémoire

Tendría veinte años cuando una tarde, mientras mamá planchaba en la cocina, le pregunté:

—Mami, ¿a vos cómo te parece que se mide el éxito?

Sin abandonar la plancha —y como si me estuviera dando indicaciones domésticas— me contestó:

—Por la cantidad de gente que vaya a tu velorio, por ejemplo.

Me hizo gracia. Me pareció una respuesta que bien podía provenir de una mezcla de frases dichas entre Oscar Wilde y Groucho Marx.

Con el correr de los años fui dimensionando el tamaño de aquella respuesta.

El día de su despedida vinieron tres señoras —a las que no conocía ni de nombre— que habían sido compañeras suyas del colegio secundario y que no la volvieron a ver en cincuenta años. ¿Por qué vinieron?

Yo no estoy planchando en la cocina, pero me atrevo a escribir la siguiente respuesta: porque su éxito fue el tremendo recuerdo que dejó en todos los que la conocieron. Ser un excelente recuerdo para todos los que pasaron por la vida de uno, me parece una definición de éxito «que no es imposible pero sí altamente improbable de superar», como decía ella.

La impronta que dejó en cada uno de sus tres hijos y en su nieto, también forman parte de ese éxito. Prueba de ello es que la sola mención de su nombre emociona por su recuerdo.

La columna dórica

Hace unos días, en un comentario breve y cariñoso, curiosamente me dijeron que me imaginaban como a una «columna dórica», tratando de sostener el miriñaque, como diría una amiga. La imagen es muy representativa de lo que transmitía ella y parece que yo también, por herencia no declarada. Yo, a gatas, me siento como la Torre de Pisa, inclinada, aunque todavía en pie, sostenida por un hijo que me sonríe y me explica simples trucos de su cubo mágico, para asegurarse de que yo logre rehacer en cinco movimientos lo que él deshizo en uno. Mientras le doy el gusto, pienso que ojalá ambos fuéramos dos cuadraditos celestes, viviendo en otro plano, como en el cuento de Ray Bradbury.